U0666348

松潘

历代诗词辑录

杨友利◎编著

吉林文史出版社

图书在版编目（CIP）数据

松潘历代诗词辑录 / 杨友利编著. – 长春：吉林
文史出版社，2023.9
ISBN 978-7-5472-9704-9

Ⅰ.①松… Ⅱ.①杨… Ⅲ.①诗词研究—松潘县
Ⅳ.①I207.2

中国国家版本馆 CIP 数据核字（2023）第 175318 号

松潘历代诗词辑录

SONGPAN LIDAI SHICI JILU

编　　著	杨友利	
责任编辑	弭　兰	
封面设计	品诚文化	
出版发行	吉林文史出版社	
地　　址	长春市福祉大路 5788 号	
邮　　编	130117	
印　　刷	四川科德彩色数码科技有限公司	
开　　本	710mm×1000mm　1/16	
印　　张	16.5	
字　　数	228 千字	
版　　次	2023 年 9 月第 1 版	
印　　次	2023 年 9 月第 1 次印刷	
书　　号	ISBN 978-7-5472-9704-9	
定　　价	88.00 元	

版权所有　翻印必究

毓秀古城　诗韵千年

——《松潘历代诗词辑录》序

读到杨友利《松潘历代诗词辑录》的书稿，才知道自己多年前《向一座古城致敬》的长篇散文中，关于古城厚重历史与时代风华的书写，似乎真的难以与之相较。

作为一座历史文化古城，松潘是离天很近、阳光月华漫溢之地，是民族和乐、诗书茶酒芬芳之所。茶马古道的喧声回响，西蜀边地的风云变幻，民族文化的交流包容，历代文脉的连绵如缕，为这座千年古城书写出历代文脉交汇的华章，在中华文明长卷中留下了浓墨重彩的一页。

一诗一锦瑟，一书一宏宇。我以为，将一座古城入诗，通过诗词深化并传承其悠长的意蕴和缱绻的诗情，本是因了古城的悠久与风雅，亦为了作者报效乡梓的一抒胸臆。

便臆想，作者该是以怎样的初心，才去做这种让很多人望而却步的岁月钩沉？又该是以怎样的毅力，才完成这种堪比史海拾贝的辛苦劳动？甚至于以怎样的学识慧眼，才于跨越千年的诗山文海中辑录出这一册流光溢彩的"阳春白雪"？

便臆想，幽幽古城里，滔滔岷江畔，作者独守时光、孤坐案台，定然是少不了阅览博物的"广种薄收"，亦少不了披沙拣金的废寝忘食，甚至少不了那种踏破铁鞋依然无觅处的失落与遗憾……《松潘历代诗词辑录》洋洋 198 首，作者简介、诗文勘校、字句考证与注释，一应俱全，翔实妥帖。于幽茫恍惚的意绪里，仿佛文词句读间满是作者的汗水与心血，甚至，隐隐闪过作者那一瞥净对世事繁芜、满怀家国挚情的眼神。

可堪珍贵的是，基于为一座古城梳理悠远绵长文脉的考量，作者还于浩繁的历史卷帙中，拨云见月、拔犀擢象，甄选出不少本地诗人的佳作，与诸如"诗圣"一样的大家精品共置一册，营构出松潘古城璀璨夺目的历史诗卷。由此，才让吾辈于 21 世纪，有幸仰望并领受这份星灯相映、珠玉生辉的诗词星空。

毓秀古城，诗韵千年。翻开《松潘历代诗词辑录》，就翻开了一册关乎松潘的诗词典籍，翻开了一幅关联松潘的精神图卷。原来，历史上与松潘有关或提及松潘风物的诗词篇秩也浩如烟云；原来，松潘也是诗人们的灵感之地，在岷江的滋润下，一篇篇诗词流传至今。

从唐代伟大的现实主义诗人杜甫，四大女诗人之一的薛涛，以咏史诗和无题诗著名的诗人李商隐，到南宋以田园诗著称而自成一家的范成大；从明代镇守松潘、诗作丰盈并刻印《桂轩续稿》的江源，明代三大才子之首的杨慎，以"东方的莎士比亚"誉满四方的戏曲家汤显祖，到清代著名文学家王士祯，官居四川总督的刘秉璋，以及曾任日本公使的汪荣宝，再到生长于斯的本土诗人祁鼎丞、杨楫舟等，历朝历代的诸多名人雅士，都因松潘寄情骋怀，即便囿于地域时事，多将松潘与边塞、战事等意象勾连，也都在中国的诗歌版图上点乬了松潘，在文学历史的长卷上纵贯 1300 多年，描绘出这座古城凌厉豪壮的精神气象。当然，随着历史的发展和社会的进步，松潘早已是今非昔比，古代诗境里的金戈铁马、鼓角烽燧，反倒更加衬托出今日松潘的诗情画意，愈加丰腴了古城新貌的隽永缤纷。

松州、小河、万家坝、岷山、雪宝顶、弓杠岭、筹边楼等极具地理标识意义的物事，在历代诗词中明灭闪烁。还有诸多与松潘有着千丝万缕联系的人物，有其与松潘在物理空间上的莅临交叠，以及映现出其辗转流离与升迁贬谪的人生履历，或凄切郁结，或悲壮激昂。也有虽身居神州各地，却因某种原因而在精神层面与松潘的神交心会，折射着不同时代的人们生死别离与爱恨情仇的生命故事，或悱恻缠绵，或荡气回肠……一首首长短各异的诗词，犹如一扇扇四通八达的时空门，让今人在松潘的经纬度上，通过诗文回溯历史上的不同年代，领略各地诗家名士的文采，一窥历朝古哲先贤之风范。

诵读吟哦，在诗词的韵律中朗声唱和，在诗词的平仄里行踏歌，或穿梭于古城做新如旧的斑驳与沧桑里，流连在古城旧貌新颜的繁华与喧嚣中，人们总有恍如穿越到古往岁月的错觉。于是，古城不老，气贯八荒，文采飞扬；于是，古城新生，神接古今，风华绝代。尽管岁月不居，诗人远逝，松潘却从不曾被人遗忘，它的古意诗情，却因了这集子，翩然若蝶地飞进人们的心扉，让人回溯历史，欣逢先人们那一点又一点的精神辉芒。

这一册诗词辑录，俯仰千年，诗情绵延，跌宕赓续着古城松潘的千年文脉。但千年的歌吟和咏叹，终是一座古城的前世风华。因为历代诗人们笔下作为兵家要塞的烟云已经湮没不见，历史记忆中那个边陲重镇的荒寒已经荡然无存。但古城各民族团结奋斗的精神、和睦互助的气度却传承了下来，古城人追求幸福和热爱生活的花灯传承了下来，唐卡绘画与琵琶弹唱传承了下来，赛马会与多声部传承了下来……连同红军长征纪念总碑的开放和《大唐松州·瓮城传奇》的上演，连同那些矗立的山、屹立的桥、别致典雅的房、耕读传家的人，以及那些城乡公务人员、非遗传承人和各行业各民族松潘人的故事，一起构成了这个真正的古城——一个文脉永续、生机勃然的松潘。

有着岷江源头滋育天地、冰清玉洁的水脉，有着岷山主峰雪宝顶雄视万古、钟灵毓秀的地脉，更有着与中华传统文化灵犀相通、多民族文化交相共融且又风韵别致的文脉的松潘，坐拥独特的精神、历史遗产，足以使其夫唯大雅、卓尔不群，足以使其文采斐然、阔步前行。

是为序。

王庆九

2023 年 6 月·听水楼

目 录

清

唐

杜 甫

(712—770)，字子美，自号少陵野老，世称"杜工部""杜少陵"等，河南府巩县（今河南巩义）人，唐代伟大的现实主义诗人，被世人尊为"诗圣"，其诗被称为"诗史"。有《杜工部集》。

野 望[1]

杜 甫

西山白雪三城[2]戍，南浦[3]清江[4]万里桥[5]。

海内风尘[6]诸弟[7]隔，天涯涕泪一身遥。

惟将迟暮供多病，未有涓埃[8]答圣朝。

跨马出郊时极目，不堪人事日[9]萧条。

注

[1] 本诗作于唐肃宗上元二年（761 年），时杜甫流寓成都，与家中亲人难通音信，而中原的战乱尚未平息，更有吐蕃侵扰边地，故他郊游野外，有感于国家的内忧外患，又自伤年迈多病、无能为力，于是创作了本诗。

[2] 三城：指松州（今四川松潘）、维州（在今四川理县西）和保州（在今理县新保关西北）三城，唐时为蜀边要镇，吐蕃时相侵犯，故驻军守之。

[3] 南浦：南郊外水边地。

[4] 清江：指锦江。

[5] 万里桥：在成都城南，是成都历史上著名的古桥。三国时，蜀汉丞相诸葛亮曾在此设宴送费祎出使东吴，费祎叹曰："万里之行，始于此桥。"该桥由此而得名。

［6］风尘：指安史之乱导致的连年战火。

［7］诸弟：杜甫有四弟：颖、观、丰、占。只杜占随他入蜀，其他三弟都散居各地。

［8］涓埃：细流、微尘，指毫末之微。

［9］日：一作"自"。

严公厅宴，同咏蜀道画图，得空字[1]

杜　甫

日临公馆静，画满地图雄。

剑阁星桥北，松州[2]雪岭东。

华夷山不断，吴蜀水相通。

兴与烟霞会，清樽幸不空。

------ 注

[1] 本诗作于唐代宗宝应元年（762 年）。严公，即严武，杜甫的好友，当时正任成都尹兼御史中丞，充剑南节度使，常邀约宾客宴饮。这次大家同咏严武厅堂的《蜀道图》，杜甫分韵"得空字"乃为平声东韵，所以用"东"韵作此诗。

[2] 松州：今四川省松潘县。

警急（时高公适领西川节度）[1]

杜 甫

才名旧楚将[2]，妙略拥兵机。
玉垒[3]虽传檄，松州会解围[4]。
和亲知拙计[5]，公主漫[6]无归。
青海[7]今谁得，西戎实饱飞。

注

[1] 本诗作于唐代宗广德元年（763 年），吐蕃攻陷陇右，渐逼京师。当时，高适领西川节度使，练兵于蜀，临吐蕃南境以牵制之。当年十月，松州一带战事紧急，杜甫在阆州作此诗。

[2]"旧楚将"指高适。至德二年（757 年），永王李璘反，高适陈江东利害，永王必败。肃宗奇其对，以高适为扬州大都督府长史、淮南节度使。

[3] 玉垒山有二，这里指威州（今汶川）玉垒山。

[4] 松州会解围：诗人作此诗时，松州尚未陷于吐蕃，故诗人认为松州能够解围。

[5] 和亲知拙计：当时金城公主和亲于吐蕃，却仍不免吐蕃与唐的战争，所以为计拙。

[6] 漫：徒然。

[7] 天宝年间，名将哥舒翰曾筑城于青海。

西山（三首）[1]

杜　甫

彝界荒山顶，蕃州积雪边。

筑城依白帝，转粟[2]上青天。

蜀将分旗鼓，羌兵助井泉。

西戎背和好，杀气日相缠。

辛苦三城[3]戍，长防万里秋[4]。

烟尘侵火井，雨雪闭松州。

风动将军幕，天寒使者裘。

漫山贼营垒，回首得无忧。

子弟犹深入，关城未解围。

蚕崖铁马瘦，灌口米船稀。

辩士安边策，元戎决胜威。

今朝乌鹊喜，欲报凯歌归。

注

[1] 本诗作于唐代宗广德元年（763 年）。在唐与吐蕃于西山（即今岷山）战事吃紧的时期，杜甫连作《西山》三首。是年十二月，吐蕃攻陷松州、维州。

[2] 转粟：指运送谷物。

[3] 三城：指松州、维州和保州三城。

[4] 唐时突厥、吐蕃等常于秋高马肥时入寇，故于其时调兵守边，称为"防秋"。

岁　暮[1]

杜　甫

岁暮远为客，边隅[2]还用兵。

烟尘犯雪岭[3]，鼓角动江城。

天地日流血，朝廷谁请缨。

济时敢爱死，寂寞壮心惊。

―――――注

[1] 本诗作于唐代宗广德元年（763 年）年底，吐蕃攻陷蜀郡西北的松州、维州、保州，时杜甫欲下江东，拟由阆州乘船沿嘉陵江南下。

[2] 边隅：边疆地区，这里指被吐蕃扰袭或攻陷的陇蜀一带。

[3] 雪岭：四川松潘县东雪栏山。

黄　草[1]

杜　甫

黄草峡[2]西船不归，赤甲山[3]下行人稀。

秦中[4]驿使无消息，蜀道兵戈有是非。

万里秋风吹锦水[5]，谁家别泪湿罗衣。

莫愁剑阁终堪据，闻道松州已被围[6]。

注

[1] 唐代宗永泰元年（765年）闰十月，成都尹郭英义被兵马使崔旰攻袭，全家被杀。邛州牙将柏茂琳、泸州牙将杨子琳、剑南牙将李昌夔均举兵讨伐崔旰，蜀中大乱。唐代宗大历元年（766年）秋，杜甫在夔州忧蜀地兵乱，未得成都来人之信息，遂作本诗。

[2] 黄草峡：又称"黄葛峡"，位于长寿与涪陵交界处，是长江长寿段的东大门。两晋南北朝时期，黄草峡与铜锣峡、明月峡一道被誉为"巴东三峡"。

[3] 赤甲山：在今奉节县白帝城北，因山高大不生树木，山石赤色，故名。

[4] 秦中：即关中。

[5] 锦水：即锦江，在今四川成都市南。

[6] 指松州被吐蕃围攻。

薛 涛

（约 768—832），字洪度，京兆长安（今陕西西安）人。唐代女诗人。制作桃红色小笺用来写诗，人称"薛涛笺"。成都望江楼公园有"薛涛墓"。后人将薛涛列为唐代四大女诗人之一、蜀中四大才女之一。流传下来的诗作有 90 余首，收于《锦江集》。

罚赴边有怀上韦相公（二首）[1]

薛 涛

黠虏[2]犹违命，烽烟直北愁[3]。
却教严谴妾，不敢向松州[4]。

闻道边城[5]苦，今来[6]到始知。
羞[7]将门下曲[8]，唱与陇头儿[9]。

注

[1] 唐德宗贞元五年（789 年），薛涛被时任剑南西川节度使韦皋发配松州，本诗作于发配之时。韦相公，即韦皋（745—805），字城武，京兆府万年县（今陕西西安）人，唐朝中期名臣、诗人。贞元元年（785 年）六月，韦皋出任剑南西川节度使，数败吐蕃，经略南诏，边功甚伟，封南康郡王。贞元十二年（796 年），韦皋进封同中书门下平章事，即带宰相衔位，称"韦相公"。贞元十七年（801 年），韦皋又进封中书令衔位，称"韦令公"。

[2] 黠虏：狡猾的敌人，指吐蕃。

[3] 直北愁：吐蕃当时已据青海、甘肃一带，正当四川北部，故称"直北愁"。愁：忧愁。

［4］松州：今四川省松潘县。

［5］边城：靠近国界的城市，即今四川省松潘县，薛涛发配之地。

［6］今来：一作"而今"。

［7］羞：一作"却"。

［8］门下曲：指官府宴会上所唱的歌曲。门下：权贵之家。

［9］陇头儿：指戍边的将士。陇头：陇山，借指边塞。

罚赴边上韦相公（二首）[1]

薛　涛

萤在荒芜月在天，萤飞岂到月轮边。
重光万里应相照，目断云霄信不传。

按辔[2]岭头寒复寒，微风细雨彻心肝。
但得放儿归舍[3]去，山水屏风永不看[4]。

注

[1] 本诗为薛涛赴松州途中所作。

[2] 按辔（pèi）：扣紧马缰，使马缓行或停止。

[3] 归舍：归家。

[4] 山水屏风永不看：当时著名画家王宰画了一幅斛石山山水图送给韦皋，韦皋见后非常喜欢，将之做成屏风。薛涛见了此画之后，又亲登斛石山，觉得王宰的画不过粉墨之容，故写诗《斛石山书事》讥讽王宰。这首诗让韦皋很生气，将薛涛发配至松州。于是，薛涛在《罚赴边上韦相公》诗中说"山水屏风永不看"，表明自己再也不敢恃才傲物、触怒韦皋了。

十离诗[1]

薛 涛

犬离主

驯扰[2]朱门[3]四五年，毛香足净主人怜。
无端[4]咬着亲情客[5]，不得红丝毯[6]上眠。

笔离手

越管宣毫[7]始称情，红笺纸上撒花琼[8]。
都缘[9]用久锋头尽，不得羲之手里擎。

马离厩

雪耳红毛浅碧蹄[10]，追风曾到日东西[11]。
为惊玉貌郎君坠[12]，不得华轩更一嘶[13]。

鹦鹉离笼

陇西独自一孤身，飞去飞来上锦裀[14]。
都缘[15]出语无方便[16]，不得笼中再唤人。

燕离巢

出入朱门未忍抛，主人常爱语交交。
衔泥秽污珊瑚枕，不得梁间更垒巢。

珠离掌

皎洁圆明内外通，清光似照水晶宫。
只缘一点玷[17]相秽，不得终宵在掌中。

鱼离池

跳跃深池四五秋[18]，常摇朱尾弄纶钩[19]。
无端摆断芙蓉朵[20]，不得清波更一游。

鹰离韝[21]

爪利如锋眼似铃，平原捉兔称高情。
无端窜向青云外，不得君王臂上擎。

竹离亭

蓊郁[22]新栽四五行，常将劲节负秋霜。
为缘春笋钻墙破，不得垂阴覆玉堂[23]。

镜离台

铸泻黄金镜始开，初生三五月徘徊。

为遭无限尘蒙蔽，不得华堂上玉台。

注

[1] 本诗大约作于贞元五年（789 年），时薛涛因触怒剑南西川节度使韦皋，被罚赴松州。《犬离主》诗，唐代诗人韦庄《又玄集》作"出入朱门四五年，为知人意得人怜。近缘咬着亲知客，不得红丝毯上眠"。

[2] 驯扰：驯服柔顺。

[3] 朱门：古代王公贵族的住宅大门漆成红色，表示尊贵。

[4] 无端：没有来由。

[5] 亲情客：感情深厚的客人。

[6] 红丝毯：指代毯子的尊贵。

[7] 越管宣毫：越中之竹作笔杆，宣城之毫作笔头，指好笔。

[8] 花琼：指写在纸上的字。

[9] 缘：因。

[10] 雪耳红毛浅碧蹄：描写这匹马周身是火红的毛色，唯有双耳雪白，马蹄如浅色的碧玉。

[11] 追风曾到日东西：追风逐云，从日出到日落，奔腾不息。

[12] 为惊玉貌郎君坠：由于它不小心将骑在身上的美貌郎君惊吓得坠地。

[13] 不得华轩更一嘶：不能再跑到郎君居住的那间华美的屋子前嘶鸣了。

[14] 锦裀（yīn）：锦制的垫褥，喻指芳草。

[15] 都缘：因为。

[16] 出语无方便：说了不适宜的话。

〔17〕玷（diàn）：污点。

〔18〕四五秋：四五年。

〔19〕纶钩：这里指水中月影。

〔20〕芙蓉朵：莲花。

〔21〕鞲（gōu）：臂套，用革制成。

〔22〕蓊（wěng）郁：形容草木茂盛。

〔23〕玉堂：玉饰的殿堂，亦为宫殿的美称。

筹边楼[1]

薛　涛

平临云鸟[2]八窗秋[3]，壮压[4]西川四十州[5]。
诸将莫贪羌族[6]马，最高层处见边头[7]。

注

[1] 本诗作于唐文宗大和五年（831 年）秋。大和四年（830 年）十月，李德裕任剑南西川节度使。次年秋，于成都府治之西建成筹边楼，四壁绘边疆险要，李德裕日与习边事者筹划其上。

[2] 平临云鸟：楼之高度与空中的彩云飞鸟相平。

[3] 八窗秋：凭窗远眺，可见八方秋色。

[4] 壮压：谓高楼可震慑川西四十州之广阔土地。

[5] 四十州：一作"十四州"。

[6] 羌族：松州以西的西羌部落，以游牧为主。

[7] 边头：边塞前沿。

●●● **李商隐** ────────────────────────────────

（约 813—约 858），字义山，号玉谿生、樊南生，晚唐最出色的诗人之一。作品收录为《李义山诗集》。

杜工部蜀中离席[1]

李商隐

人生何处不离群[2]？世路干戈惜暂分。

雪岭未归天外使[3]，松州[4]犹驻殿前军[5]。

座中醉客延[6]醒客，江上晴云杂雨云[7]。

美酒成都堪送老[8]，当垆仍是卓文君[9]。

注

[1] 唐宣宗大中五年（851 年），东川节度使柳仲郢辟李商隐为节度使府书记、检校工部郎中。大中六年（852 年）春天，事毕，李商隐即将返回梓州，于是在临行饯别的宴席上作此诗。杜工部，即杜甫。杜甫有检校工部员外郎官衔，因此人称杜工部。这首诗模仿杜诗风格，因而以"蜀中离席"为题。

[2] 离群：分别。

[3] 天外使：唐朝往来吐蕃的使者。

[4] 松州：唐代的松州都督府，属剑南道，治下所辖地面颇广，治所在今四川松潘。松州因西邻吐蕃，是唐朝西南边塞，故长期有军队驻守。

[5] 殿前军：本指禁卫军，此借指戍守西南边陲的唐朝军队。

[6] 延：请，劝。

［7］晴云杂雨云：明亮的晴云夹杂着雨云，比喻边境军事的形势变幻不定。

［8］送老：度过晚年。

［9］卓文君：汉代女子，因与司马相如相爱而被逐出家门。之后，卓文君在临邛亲自当垆卖酒。此处用卓文君喻指卖酒的女子。

●● **殷 济**

唐代宗、德宗时人。曾入北庭节度使幕府。北庭陷蕃前后，被吐蕃所俘。敦煌遗书收其诗 14 首，多为陷蕃前后作，诗意伤感凄凉。事迹据其诗推知。《全唐诗续拾》据之收入。

岁日[1]送王十三判官[2]之[3]松州幕[4]

殷 济

异方[5]新岁自然悲，三友那堪更别离。
虏酒[6]未倾心已醉，愁容相顾懒题诗。
三边[7]罢战犹长策，二国通和藉六奇[8]。
伫听莺迁当此日，归鸿莫使尺书迟。

注

[1]岁日：新年第一天。

[2]判官：唐代节度使、观察使、防御使均置判官，为地方长官的僚属，辅理政事。

[3]之：前往。

[4]松州幕：松州的幕府，这里指在松州担任幕僚。

[5]异方：他乡。

[6]虏酒：北方民族所酿的酒。

[7]三边：这里泛指边境、边疆。

[8]六奇：指汉陈平为高祖刘邦谋划的六个奇计。

●●● 陈 山 ————————————————————

开州（今重庆市开州区）人，唐代作为"长征健儿"招募从军镇守于
今松潘小姓乡一带。

题 记

陈 山

开州[1]健儿[2]陈山于此守捉[3]：

岁岁长征战，年年更捷报。

公夫[4]无不得，虚作健儿名。

————————— 注

[1] 开州：今重庆市开州区。

[2] 健儿：唐朝招募的长期戍守边远地区的募兵，又称长征健儿、
长行健儿、兵防健儿。

[3] 守捉：唐朝在边地的驻军机构。唐代边兵守戍者，大者称军，
小者称守捉、城、镇，各机构皆有使。守捉为唐朝独有而别朝所无之职
官，守捉驻兵300—7000多人不等。

[4] 公夫：官方征用的役夫。

●●● 范成大

（1126—1193），字致能，号石湖居士，平江吴县（今江苏苏州）人，南宋诗人。他与杨万里、陆游、尤袤合称南宋"中兴四大诗人"。著有《石湖集》《揽辔录》《吴船录》《吴郡志》《桂海虞衡志》等。

最高峰望雪山[1]

范成大

大面峰[2]头六月寒，神灯[3]收罢晓云斑。

浮空忽涌三银阙[4]，云[5]是西天雪岭山。

注

[1] 本诗是范成大于南宋孝宗淳熙二年（1175 年）至淳熙四年（1177 年）在蜀中任四川制置使时所写。最高峰，今四川都江堰市西南的青城山。

[2] 大面峰：青城山主峰大面山，即今赵公山。

[3] 神灯：又称佛灯、圣灯，在峨眉山、青城山、庐山等地皆有记载，"夜有灯出四山，以千百数"（范成大《青城行记》），一般认为是磷火。

[4] 银阙：道家谓天上有白玉京，为仙人或天帝所居，这里指代雪山。

[5] 云：说。

● ● ● **程公许** ————————————————————

（？—1251），字季与，一字希颖，号沧州，人称沧洲先生，叙州宣化（今四川宜宾西北）人。南宋宁宗嘉定四年（1211 年）进士。为文有才气，著述多散佚，今存《沧州尘缶编》。

送别制置董侍郎东归[1]

程公许

荷囊晓趁紫宸[2]朝，玉立堂堂侍冕旒[3]。

帝为蚕丛[4]精择帅，诏颁虎节[5]往分忧。

旌幢云合三千乘，锦绣春浓六十州。

仪凤雅应为国瑞，烹鲜何忍与民仇。

阳和[6]嘘暖松州雪，膏泽[7]长随锦水[8]流。

酒贱途歌喧夜市，犉肥社鼓响春畴[9]。

教条宽简难轻犯，鉴戒高明不暗投。

建学文翁[10]先美俗，雄边德裕[11]有良筹。

若为殿角频忧顾，何恨天涯久逗遛。

几度玺书[12]颁北阃，四时朱履[13]簇西楼。

神全削垩无机露，德厚如山镇俗浮。

边骑谁令轻犯塞，羽收忽讶急飞邮。

袆[14]雅往度重关险，建旄[15]那容一刻留。

明月三更悲鼓角，晴烟万灶宿貔貅[16]。

乘墉[17]妄意窥吾境，蕿枕何由奈敌雠[18]。

忠孝全军齐缟素，缥姚列校奋戈矛。

金牌不与全腰膂，铁骨安能芘触髅。

战胜游魂惊铤鹿[19]，凯旋享士趣椎牛[20]。

三秦席卷非难事，偏将星奔怅寡谋。

从屈戎昭亲跋履，申严师律戢奸偷。

人知福德如中令，谁省恩威似武侯[21]。

过眼七年劳节制，焦心九陛渴才猷。

赐环笑拆封泥诏，叠鼓催装下峡舟。

织锦何伤谗口捷，憩棠[22]翻作去思愁。

雅怀纳纳湖千顷，外物区区海一沤。

书怪无心疑咄咄，委怀何事不悠悠。

纷纭归梦寻猿鹤，浩荡诗盟狎鹭鸥。

世事未知何日定，才难莫若旧人求。

病深根本宜加护，脉在参苓或未瘳。

德望定须歌变焉，姓名伫见启金瓯[23]。

蹇余政自矐[24]山泽，漫仕都缘迫斧区。

彩棒乏材供击断，镂冰无技苦雕锼。

凯期吏责宽三尺，误辱儒宗放一头。

袖有神鞭驱款段，意令蹇步爱骅骝[25]。

生遭名德为知己，誓企清尘力好修。

桂楫稳飞三峡浪，蒲帆归赴五湖秋。

百年几见轻成别，万斛清愁黯莫收。

倚俟泰阶明紫极，未愁弱水限瀛洲[26]。

槐庭何日堤沙筑，玉食须渠鼎铉调。

议有异同宜审择，人无近远要旁搜。

非才忍负知音遇，引臂追随万里游。

------------ 注

[1] 本诗大约作于南宋嘉定十二年（1219 年）。董侍郎，即董居谊（1157—1235），字仁甫，临川（今属江西）人。南宋孝宗淳熙八年（1181 年）进士。嘉定七年（1214 年），出为四川制置使。十二年

（1219 年），落职，流居湖南永州。制置：制置使，宋朝时期边疆地区临时性的军事统帅。文中，董侍郎此时还领成都路安抚使。

[2] 紫宸（chén）：宫殿名，天子所居，泛指宫廷，由此借指帝王、帝位。

[3] 冕旒（miǎn liú）：古代天子的礼帽和礼帽前后的玉串。

[4] 蚕丛：又称蚕丛氏，古代神话传说中的蚕神，是蜀国首位称王的人，养蚕专家。

[5] 虎节：符节，发兵符和使者所持节的统称，指朝廷委派的地方长官或专使。

[6] 阳和：春天的暖气，借指春天。

[7] 膏泽：滋润土壤的雨水。

[8] 锦水：即锦江，又称都江、内江、濯锦江、锦江等，长江支流岷江都江堰分水河道、支流，是岷江流经成都市区的主要河流。

[9] 畴：田地。

[10] 文翁（前 187—前 110），名党，字仲翁，公学始祖，庐江舒人，西汉循吏。汉景帝末年为蜀郡守，兴教育、举贤能、修水利，政绩卓著。

[11] 李德裕（787—856），字文饶，赵郡赞皇（今河北省赞皇县）人。唐代杰出的政治家、文学家、战略家。唐文宗时，任剑南西川道节度使。文宗太和三年（829 年），至松州等地筹边，对当地的山川、城邑、道路、关隘，进行调查研究，绘制西山边防图，修葺保障设施，于松州治地筑"柔远城"，并于松州西山崖畔建筹边楼。

[12] 玺书：古代以泥封加印的文书。秦以后专指皇帝的诏书。

[13] 朱履：红色的鞋，古代为贵显者所穿，借指贵显者。

[14] 祃（mà）：古代在军队驻扎的地方举行的祭礼。

[15] 旐（zhào）：古代的一种军旗，上面画着龟蛇。

[16] 貔貅（pí xiū）：古书上说的一种猛兽，这里比喻勇猛的军队。

[17] 乘墉：登上城墙，谓守卫疆域。

［18］敌雠（chóu）：仇敌。

［19］铤鹿（dìng lù）：快速奔逃的鹿，比喻处于穷途末路、铤而走险的人。

［20］椎牛（zhuī niú）：谓击杀牛。

［21］武侯：三国蜀汉丞相诸葛亮死后谥为忠武侯，后世称之为武侯。

［22］憩棠：喻地方官的德政。

［23］金瓯：金的盆。比喻疆土之完固，亦用以指国土。

［24］臞（qú）：瘦弱的样子。

［25］骅骝（huá liú）：亦作"骅骝"。周穆王八骏之一，泛指骏马。

［26］瀛洲：传说为东海中神仙所居住的仙岛。

明

●●● 程本立
（？—1402），字原道，号巽隐。明初浙江崇德（今浙江桐乡）人，宋儒程颐之后。洪武中举明经、秀才，洪武三十一年（1398 年）征入翰林，预修《太祖实录》。

宿荣昌县田家[1]书所见

程本立

田家无桑蚕不育，寒机[2]不奈[3]蚕[4]声促。
阳坡种得木棉花，雨晴雪点秋云绿。

小姑大妇不梳妆，日日探花如采桑。
青裙短短赤双脚，素手掺掺[5]花满筐。

归来闭门月昏黑，燃薪代烛光照室。
姑摇纺车妇在机，一夜不能成一疋[6]。

松州茂州道路难，乌蒙乌撒雨雪寒。
丁夫运粮给边饷，卖布易米还输官[7]。

田家不识纨与縠[8]，木棉未得裁衣服。
何日边城罢战输，男耕女织万事足。

注

[1] 荣昌县：今重庆市荣昌区。田家：农家。

[2] 寒机：寒夜的织布机。

[3] 不奈：无奈。

［4］蛩（qióng）：指蟋蟀，也指蝗虫。

［5］掺掺：女手纤美貌。

［6］疋（pǐ）：量词，用于纺织品或骡马等。

［7］输官：向官府缴纳。

［8］纨：细致洁白的薄绸。縠（hú）：质地轻薄、纤细透亮、表面起皱的平纹纱。

解 缙

(1369—1415)，字大绅，一字缙绅，号春雨、喜易，明朝吉水（今江西吉水）人。洪武二十一年（1388 年）中进士，官至内阁首辅、右春坊大学士，参与机务。解缙以才高好直言为人所忌，屡遭贬黜，终以"无人臣礼"下狱，永乐十三年（1415 年）冬被埋入雪堆冻死，卒年47 岁。成化元年（1465 年），赠朝议大夫，谥文毅。

雪山天下高[1]

解 缙

雪山山高在西极，下视九州皆历历。

自从积雪雪未消，万古寒冰坚比石。

五丁力士[2]移不来，画师忽遣秋毫开。

南州溽暑[3]昼方永，展此清景何快哉。

君不闻齧毡[4]使者去已久，鲜能知味令心哀。

注

[1] 本诗为解缙《西川四景》其三，另外三首为其一《巫山天下无》，其二《眉山天下秀》，其四《瞿塘天下险》。

[2] 五丁力士：传说当时蜀国有五个大力士，力大无比，叫五丁力士。蜀王就叫他们去凿山开路，把金牛拉回来。

[3] 溽暑（rù shǔ）：夏季潮湿而闷热的气候。

[4] 齧（niè）毡：咬吞毡毛充饥。常用以比喻坚贞不屈。典出《汉书·苏武传》。

●●● 陈　琏 ─────

(1370—1454)，明广东东莞人，字廷器，别号琴轩。洪武二十三年（1390年）举人。博通经史，以文学知名于时，文词典重，著作最多，词翰清雅。有《罗浮志》《琴轩集》《归田稿》等。

铁索桥[1]

陈　琏

灌阳西接羌夷路，岷江湍急舟难渡。

昔人以竹为索桥，风雨飘淋岂能固。

献王[2]因之用意深，改造不惜千黄金。

挽拖巨石出山麓，叠作厚址依江浔。

铁柱东西列相向，铁綆[3]平施逾百丈。

木板横铺若砥平，夷夏之人任来往。

我军千里戍松潘，长说岷江渡最难。

自从铁索桥成后，馈运之人咸喜欢。

君不见驱石为桥桥岂成，掷杖为桥空有名。

何如此桥坚且久，献王之功垂不朽。

注

[1] 本诗作于明永乐二十二年（1424年）至宣德元年（1426年）陈琏任四川按察使期间，为记述蜀献王将横跨岷江、连接松茂古道的竹索桥改为铁索桥而作。

[2] 献王：蜀献王朱椿（1371—1423），明太祖朱元璋第十一子，明朝第一任蜀王。

[3] 铁綆（gēng）：大铁索。

●●●周洪谟

（1421—1492），字尧弼，四川长宁县人。明正统十年（1445年），进士及第，殿试榜眼。曾参与《寰宇通志》《英宗实录》的编纂工作。

雪山天下高

周洪谟

巨灵[1]擘断昆仑山，移来坤维参井[2]间。

内作金城[3]障三蜀，外列碉硐[4]居百蛮。

自昔蚕业始开国，千崖万谷积寒雪。

疑有五城十二楼[5]，玉色玲珑界天白。

光联银汉霏素虹，六月大暑飘寒风。

俯见五岳在平地，遥窥三岛皆冥蒙[6]。

此去石纽无几许，昔钟灵秀生大禹。

当时自此导江流，至今名垂千万古。

注

[1] 巨灵：巨灵神，神话传说中劈开华山的河神。

[2] 参井：参星和井星，位在西南方。

[3] 金城：坚固的城。

[4] 碉：石室。硐：山洞。

[5] 五城十二楼：古代传说中神仙的居所，比喻仙境。

[6] 冥蒙：幽暗，不明。

程敏政

(1445—1499)，明徽州府休宁（今安徽省黄山市休宁县）人，字克勤，中年后号篁墩，又号篁墩居士、篁墩老人、留暖道人。成化二年（1466年）进士，殿试榜眼。有《新安文献志》《明文衡》《篁墩集》。

送柳副宪提督松潘兵备便道过家省母[1]

程敏政

宪节[2]西行重外台，秋曹[3]人说旧多才。

暂同一将论兵坐，想见诸番接诏来。

幕府近山飞暑雹，楼船入峡殷晴雷。

壮游正出巴陵道，赢得高堂[4]举寿杯。

注

[1] 本诗作于明宪宗成化二十一年（1485年）。柳副宪：指柳应辰（1450—?），字拱之，湖广岳州府巴陵县（今湖南岳阳）人。成化五年（1469年）进士。成化二十一年（1485年），由刑部署郎中事员外郎升为四川按察司副使，整饬松潘等处兵备。兵备道，明朝时在边疆及各省要冲地区设置的整饬兵备的按察司分道，全称整饬兵备道。兵备官通常由按察司的副使或佥事充任，主要负责分理辖区军务，监督地方军队，管理地方兵马、钱粮和屯田，维持地方治安等，又称兵宪、兵备副使、兵备佥事。省（xǐng）母：探望母亲。

[2] 宪节：是廉访使、巡按等风宪官所持的符节。风宪官，是指监察执行法纪的官吏。

[3] 秋曹：刑部的别称。柳应辰原为刑部署郎中事员外郎。

[4] 高堂：对父母的敬称。

江 源

(1437—1509)，字一原，明代广东番禺人。成化五年（1469年）进士，因在朝触犯权贵，出为江西按察佥事。后因政绩突出，擢升为四川兵备副使，镇守松潘。镇守松潘时为官清廉，从不收受当地少数民族首领的馈献。因为学识渊博，松潘守将亦敬其学。其在松潘期间，遍历关堡，游历松潘各地，写下大量诗歌。有《桂轩集》《桂轩续稿》。弘治年间，都指挥佥事、松潘左参将李镐曾在松潘刻印《桂轩续稿》，对松潘刻书业的研究具有重要参考价值。

到松潘

江 源

路入松州别一天，乱山迢递[1]尽狼烟。
雪栏[2]岭峻秋飞雹，风洞[3]关寒夏着绵。
万里江湖徒恋阙[4]，十年心事费筹边。
凭谁寄语生降虏，今日皇威遍八埏[5]。

注

[1] 迢递：高峻、婉转、遥远，连绵不绝貌。

[2] 雪栏：指雪栏关，位于松潘县东二十里，是松潘东路的重要关卡。其"雪栏霁色"为松州八景之一。

[3] 风洞：指风洞关，位于松潘县东三十里，是松潘东路的一处重要关卡。其"风洞秋声"为松州八景之一。

[4] 恋阙：留恋宫阙，用以比喻心不忘君。

[5] 八埏（shān）：八殥，指八方边远之地。

松州即事四十韵

江　源

松潘何崎岖，藩屏我全蜀。城郭半据山，山椒[1]戍兵屋。

王垒入望遥，金蓬插天绿。时候绝氛祲[2]，天气颇清淑。

风洞迤逦来，雪栏似堆玉。偏桥起冰崖，险径傍山麓。

分水灌两河，如雷震坤轴。孤城限番汉，谙羌别生熟。

闾阎[3]列蜂房，郊野屯蓄牧。秋冬重雪霰，春夏少温燠[4]。

水寒无嘉鱼，地冻乏美谷。小麦但芃芃[5]，青科亦彧彧[6]。

粉团岂奇葩，圆根当嘉蔌[7]。号风饶长松，辟俗鲜脩竹。

春到不闻鹃，秋来亦无菊。牦牛日鬻市，甘松气披馥。

男女乏礼度，颇似郑卫俗。不识耕织劳，但美食与服。

胡为出纳地，玩法纷驰逐。观风费督责，中心亦惭恧[8]。

谁为哀寡妻，我复念茕独。东西南北人，百货此辏辐。

兹土虽靡产，肥鲜足水陆。守戍十卫兵，输挽列郡粟。

奔走日夕劳，能不起怨讟[9]。羌妇出负薪，羌儿亦贩犊。

砗磲[10]饰辫发，铜镯喜妆束。毡被长覆硕，桶裙不掩足。

碉房散以居，羊膀灸而卜。禦寒布撚[11]毛，交易契刻木。

乳酪供茶汤，馓巴[12]代饘粥[13]。闻此恻我心，见此眩我目。

筹边经年废，镇松倚云蠹。韦李[14]远千载，孰可继芳躅[15]。

恩威仗明主，纪纲赖吾属。大将号令明，偏裨亦整肃。

无数胸中甲，岂但十万镞。如日丽中天，传语十五□。

我行且抚绥，不忍致穷黩。毋□大羊性，毋肆虎狼毒。

从此须革心，享兹太平福。

[1] 山椒：山顶。

[2] 氛祲：雾气，指预示灾祸的云气，比喻战乱、叛乱。

[3] 闾阎（lú yán）：平民居住的地区，民家。

[4] 温燠（yù）：温暖。

[5] 芃芃（péng péng）：形容植物茂密旺盛。

[6] 彧彧（yù yù）：茂盛的样子。

[7] 嘉蔌：同嘉蔬，嘉美的蔬菜。

[8] 恧（nǜ）：惭愧。

[9] 怨讟（dú）：怨恨诽谤。

[10] 砗磲（chē qú）：是稀有的有机宝石，白皙如玉，亦是佛教圣物，是用贝类动物砗磲的躯壳做成的。

[11] 撚（niǎn）：用手指搓揉。

[12] 馓巴：这里指糌粑，藏族的主食，即青稞麦炒熟后磨成的面。

[13] 饘（zhān）粥：稀饭。

[14] 韦李：指唐代名臣韦皋和李德裕。二人都曾任剑南西川节度使。

[15] 芳躅：指前贤的踪迹。

春 雪

江 源

松州三月一尺雪，山城十日一日情。

蜀人忍耐越人^[1]冷，北山惨淡南山明。

边兵每苦春衣薄，土俗先占秋麦成。

此事可愁亦可喜，呼儿酌酒^[2]聊为情。

———— 注

[1] 越人：广东人。作者江源是广东人。

[2] 酌（zhuó）酒：斟酒，喝酒。

松州分司遣怀[1]

江　源

人生随地可徜徉，莫道松州是异乡。

忙处不如闲处乐，老时方忆少时狂。

壮观每喜青山近，高卧堪供白日长。

若得圣恩怜朽拙，归舟三峡趁秋凉。

------- 注

[1] 遣怀：抒写情怀。

松州即事[1]（四首）

江　源

百雉[2]孤城万仞山，边烽无警戍兵闲。
安危倚伏寻常事，为报将军莫破颜[3]。

万里边城草木春，我来遭际太平辰。
镇松楼起筹边废，谁道今人让古人。

周遭山色护松城，万井烟花老眼明。
幸喜诸番乐耕耨[4]，吾徒[5]容易莫谈兵。

边境虽安敢忘危，四时箫鼓竖旌麾[6]。
更闻细柳将军[7]令，壮士怀归[8]不敢归。

注

[1] 即事：任职、做事。

[2] 百雉（zhì）：指城墙的长度达三百丈。

[3] 破颜：生气变脸。

[4] 耕耨（nòu）：耕田除草，泛指耕种。

[5] 吾徒：我辈。

[6] 旌麾：用羽装饰的军旗，用以指挥军队。

[7] 细柳将军：指西汉文、景两朝的名将周亚夫，汉文帝时驻军细柳（今陕西省咸阳市西南）。因治军有方，军令严整，人们便称他为"细柳将军"。

[8] 怀归：思归故里。

松州寒食[1]（四首）

江　源

寒食千山雨，春风万户烟。
风光非故土，身世在穷边[2]。
旧冢孤穿穴，新坟妇哭天。
无端增客恨，目断粤山阡。

三月古松州，春风亦似秋。
天涯游子泪，寒食异乡愁。
麦饭思先垄[3]，棠梨忆故丘。
浮名还自累，归计更谁由。

寒食又清明，偏伤粤客情。
悲哀闻寡妇，寥妇住孤城。
雨洗山松净，风摇陇麦清。
西邻且沽酒，微饮醉还醒。

十月荒城住，三春故国思。
不堪寒食雨，偏助旅人悲。
节至那无酒，囊空赖有诗。
天涯牢落甚，独坐对痴儿。

------------注

[1] 寒食：节日名，在清明前一两日。

[2] 穷边：荒僻的边远地区。

[3] 先垄：祖先的坟墓。

闲坐书怀[1]（二首）

江 源

千年宇宙皆吾事，万里乾坤到处家。
坐看满城絃管[2]沸，松州犹未是天涯。

雪前风起千山白，雪后天晴万仞青。
满目恍如生色画，寻芳何用出郊坰[3]。

———————注

[1] 书怀：书写情怀、抒发感想。

[2] 絃（xián）管：弦乐器和管乐器，泛指乐器。这里指歌吹弹唱。絃，同弦。

[3] 郊坰（jiōng）：泛指郊外。

春日漫兴[1]（二首）

江　源

松州三月东风煖[2]，雪释千山水涨溪。

莫谓天涯春不到，粉团花发鹧鸪啼。

青山绕郭水穿城，草绿天南万里情。

几度寄书书不到，东风吹泪欲沾缨。

―――――注

[1] 漫兴：谓率意为诗，并不刻意求工。

[2] 煖（xuān）：温暖。

除夕客中[1]写怀

江　源

今夕是何夕，岁除逼青阳[2]。

儿女忆去年，争饮屠苏[3]觞。

今年客松州，孤烛照凄凉。

填胸愁百种，惊心历一行。

辗转不能寐，起步东西厢。

寒风飒飒来，透我征衣裳。

徘徊复隐几[4]，能不思故乡。

思乡清泪滋，逢春白发长。

作官虽云好，宦海风波狂。

不如赋归去，濯足[5]歌沧浪[6]。

注

[1] 客中：旅居他乡。

[2] 青阳：春天的别称。

[3] 屠苏：古代一种酒名，常在农历正月初一饮用。

[4] 隐几：靠着几案，伏在几案上。

[5] 濯足：本谓洗去脚污。后以"濯足"比喻清除世尘，保持高洁。

[6]《孟子·离娄上》："有孺子歌曰：'沧浪之水清兮，可以濯我缨；沧浪之水浊兮，可以濯我足。'"后遂以"沧浪"指此歌。

中秋雨夜书感（其一）

江 源

秋色平分夜，寒堂独坐时。

松州万里客，穗石十年思。

云重月轮没，风狂烛影攲[1]。

欲寻天柱赏，谁是赵知微[2]。

---注

[1] 攲（qī）：倾斜。

[2] 赵知微：唐懿宗咸通年间人。据《历世真仙体道通鉴》卷四二载，结庐于九华山凤凰岭，日诵道书，草衣木食数十年，道行显彰，人多从之。善炼药金，遣弟子市药以自给。

中秋雨夜书感（其二）

江 源

旅馆中秋值雨时，松维城上黑云垂。
千家俱寂无弦管，独客凄凉剩别离。
月色已孤终夕望，赏心又是隔年期。
故园此夕知谁在，酌酒何妨更赋诗。

松州古城

次童都堂题叶棠^[1]壁韵

江　源

草木先秋渐变衰，小河^[2]端的是边陲。

四郊漠漠惭多垒，两鬓萧萧剩有丝。

落日断桥人过尽，悲风远道马行迟。

粤南桑梓知何处，地角天涯一夜思。

---注

[1] 叶棠：今四川省平武县水晶镇叶塘村，明代在此设立叶棠关。

[2] 小河：今四川省松潘县小河镇，明代在此设立小河守御千户所。

次童都堂韵又一首

江　源

两鬓如霜力未衰，又持黄纸到荒陲。

马前落日穿林麓，暑后悲风断柳丝。

敢谓甲兵期小范[1]，欲将农圃学樊迟[2]。

十年未献安边策，今日徒悬补衮[3]思。

注

[1] 小范：指范仲淹，字希文，北宋时期杰出的政治家、文学家。

[2] 樊迟：即樊须，名须，字子迟，春秋末鲁国人（一说齐国人），是孔子七十二贤弟子中的重要人物，继承孔子兴办私学，在儒家学派广受推崇的各个朝代享有较高礼遇。唐赠"樊伯"，宋封"益都侯"，明称"先贤樊子"。其重农重稼思想在历史上具有进步意义。

[3] 补衮：补救规谏帝王的过失。

复次前韵奉答白参戎[1]

江　源

百战三边气不衰，久持旌节镇东陲。

茅堆败虏心逾壮，烟阁[2]论功鬓未丝。

老我岂朝今日会，识君犹恨十年迟。

望山关[3]外明朝别，倚柱停云几度思。

注

[1] 参戎：参谋军务。明清武官参将，俗称参戎。

[2] 烟阁：指凌烟阁，是唐代为表彰功臣而建筑的绘有功臣图像的高阁，位于唐京师长安城太极宫东北隅，因"凌烟阁二十四功臣"而闻名于世，后毁于战乱。

[3] 望山关：位于松潘县东五里，是松潘东路的一处重要关卡。

四月二日邀李总戎[1]郊行小酌

江　源

孟夏日始长，边城雨新霁。

川流荡晴绿，峰峦靡昏翳[2]。

我事亦颇暇，邀公一游诣。

宪节联旌麾，笳鼓亦嘒嘒[3]。

半日恣闲散，名园堪一憩。

山肴胜羔羊，溪鱼当蛤蛎。

家酿数十酌，宾主两颇醉。

看车缓缓归，凉风拂罗袂[4]。

注

[1] 李总戎：指成化、弘治年间任都指挥佥事、松潘左参将的李镐，江源在松潘的好友，曾在松潘刻印江源的诗集《桂轩续稿》。

[2] 昏翳（yì）：指雾气。

[3] 嘒嘒（huì huì）：象声词，形容清亮的声音。

[4] 罗袂（mèi）：丝罗的衣袖，指华丽的衣着。

同李总戎游大悲寺[1]

江　源

仙梵[2]嬉游半日陪，岩前金碧映楼台。

好山入眼看无尽，他日携樽拟再来。

---------注

[1] 大悲寺，在今四川松潘县城西。传系唐天宝年间僧智广所建，明洪武二十六年（1393 年）僧宝玉重修，正统十年（1445 年）英宗赐佛经，乃建藏经阁。景泰时，禅师智中曾加以扩建。其"大悲梵钟"为"松州八景"之一。

[2] 仙梵：指道教徒诵经的声音。

钓鱼图为李总戎题（二首）

江　源

长竿短笠心自如，此翁取适[1]兼取鱼。
人间理乱都不管，醉来独笑醒三闾[2]。

日日垂纶坐绿苔，江湖鸥鸟莫相猜。
翻嫌白发潘溪者，掷却渔竿牧野来。

注

[1] 取适：寻求适意。
[2] 三闾：指屈原。

客中清明有感

江　源

冷烟禁寒食，雨雪逼清明。

在客每怅怏，谁与祀先茔[1]。

长儿代拜扫，幼儿能慰情。

问我曷为耳，无乃牵功名。

蜀粤隔万里，举日愁易盈。

况复闻寡妇，哀哀哭荒城。

如何不兴叹，四海皆弟兄。

何时解官去，得逐桑梓情[2]。

———————注

[1] 先茔（yíng）：先人坟茔。

[2] 桑梓情：对家乡的怀念之情。

驿舍偶成（六首）

江　源

驿对青山近，门临绿树重。
萧条堪昼卧，幽敞足诗供。
溪静水偏响，天阴蝶也慵。
我来聊托迹，犹未定行踪。

蜀国山河丽，吾人跋涉遥。
树深啼杜宇，林暝啸山魈。
野趣凭诗画，愁肠籍酒浇。
谁能会吾意，吟眺一相邀。

半岁无书寄，三春少雁来。
恨无千里目，看到五仙台。
鬓发缘愁白，家山籍梦回。
宦途如此耳，杯酒且徘徊。

落日照林坰，昏鸦集远汀。
关河夷险路，风雨短长亭。
辛苦罹寒暑，光阴换荚蓂[1]。
粗酬身事了，归看□山青。

绕舍山千叠，当庭柏七株。
四时松坎景，一幅辋川图[2]。
此地堪留客，高情颇惬吾。

几多游宦者，不识有诗无。

日出阴霾伏，天晴野色开。
地偏无俗客，山远有遗材。
蜀魄催春苦，奔泉激石哀。
悠悠付题咏，只恐□诗才。

————注

[1] 英蓂（míng）：指蓂英，古代传说中的一种瑞草，每月从初一至十五，每日结一英；从十六至月终，每日落一英。所以，从英数多少，可以知道是何日。一名历英。

[2] 辋川图：唐代王维所作的单幅壁画，原作已无存，现只有历代临摹本存世。此图共绘辋川二十景，图绘群山环抱中的别墅，亭台楼榭掩映于群山绿水之中，古朴端庄。别墅外，山下云水流肆，偶有舟楫过往，人物弈棋饮酒。投壶流觞，个个都是儒冠羽衣，意态萧然，呈现了王维山居生活的理想。

德阳分司题竹

江 源

川西道侧对此君，六月雨洗无尘氛。
独怜劲节不受暑，肯羡长竿能拂云。
如簀[1]可比卫武[2]德，辟俗[3]见重东坡[4]文。
纷纷桃李羞与伍，留伴乌台冰玉人。

注

[1] 簀（zé）：竹编的床席。

[2] 卫武：指卫武公（约前852—前758），姬姓卫氏，卫釐侯之子，卫共伯之弟。卫国第十一位国君，公元前812年至公元前758年在位。卫武公在位时期，施行康叔政令，使百姓和睦安定。后因勤王有功，升为公爵。

[3] 辟俗：指避俗，避世隐居之意。

[4] 东坡：指北宋文学家、书法家、画家苏轼，字子瞻，一字和仲，号铁冠道人、东坡居士，世称苏东坡。

为李总戎题画（二首）

江　源

万里江山入彩毫[1]，碧岩迢递白云高。

七贤林馆犹传晋，五柳村庄不姓陶。

远浦夕阳迟去鸟，断桥春水度轻舠[2]。

披图今日忘名利，高枕令人懒梦刀。

寄傲云泉一丈夫，清时巢许是吾徒。

坐观山色心何累，管领春风兴不孤。

度岁厌看新甲子，扫门惟爱旧奚奴[3]。

功名老我不归去，羞向侯门咏此图。

注

[1] 彩毫：画笔；彩笔。

[2] 轻舠（dāo）：轻快的小舟。

[3] 奚奴：奴仆。

九日值雪言怀

江　源

孤吟客子伤秋暮，九日行台见菊稀。

蔽野冻云连朔漠，酿寒微雪洒旌旗。

多情破帽笼斑鬓，何处空樽望白衣。

窃喜天涯身健在，几时弦管醉东篱。

小河古城

初冬感兴[1]

江　源

万里边城岁始冬，凄凉天气雪兼风。

寒肤起粟髭[2]生冻，铁砚成冰笔退锋。

乡土有怀书信断，官租无秫[3]酒瓶空。

向来颇喜边烽息，公事无多案牍慵。

───────── 注

[1] 感兴：感物寄兴。

[2] 髭（zī）：嘴上边的胡子。

[3] 秫（shú）：高粱。

冬夜写怀

江　源

此夕阴云欲雪天，阿奴先我拥衾眠。

灯前炙砚研徽墨，醉里裁诗爱蜀笺。

身世每惭彭泽令[1]，盘餐长忆粤河鳊[2]。

故园儿女频翘首，道我归休是甚年。

—— 注 ——

[1] 彭泽令：彭泽县的县令，彭泽县位于今江西省九江市境内。这里指的是陶渊明，因陶渊明曾任彭泽令。

[2] 鳊（biān）：鳊鱼。

夜坐偶成

江　源

旅馆稍宵独坐时，眼前谁是旧心知。

斜风细雨愁滋味，白水青山远别离。

边徼[1]未寒西贼胆，乡关[2]先动北风思。

尊前三酌茅柴酒，和得渊明几首诗。

注

[1] 边徼（jiǎo）：边境。

[2] 乡关：故乡。

夜 怀

江 源

夜寒偏是苦更长，反侧不眠思故乡。

三唱早鸡孤馆月，数声残角满城霜。

家书不到双鱼[1]断，天地无情雨鬓苍。

松菊别来无恙否，想他应未主人忘。

注

[1] 双鱼：书信。

宿茂州

江　源

此地连三宿，长吟对一灯。

闷怀倾白酒，冻足护青绫。

煮茗炉添火，濡豪[1]砚结冰。

思家值长夜，百虑坐相仍。

———————— 注

[1] 濡豪：同濡毫，把毛笔润湿。

过新堡子[1]

江　源

新堡今再过，吐番一何多。

擂石据危岭，岭弓射隔河。

将军每示怯，戍卒欲请和。

封章[2]达明主，征伐挥天戈。

注

[1]新堡子：指新堡关，亦作新保关，在今四川省汶川县威州镇。明时为威州治。清雍正时省威州，移保县治此。嘉庆时废保县，以理番厅照磨驻此，名新保关。与保子关隔江相望，为西路冲要。民国改设县佐。1952年，汶川县移治于此。保子关，在今四川省汶川县西北杂谷河注入岷江处保子冈上。

[2]封章：言机密事之章奏皆用皂囊重封以进，故名封章。亦称封事。

叠溪道中

江　源

行尽维州旧日边，偏桥攲[1]险朔风颠。

病躯自觉生寒粟，冻手时惊坠马鞭。

两鬓霜华犹故态，三边使节又频年[2]。

诸番今日安耕耨[3]，闲杀将军十万弦。

---注

[1] 攲（yǐ）：通"倚"，斜靠着。

[2] 频年：连续几年。

[3] 耕耨（nòu）：耕田除草，泛指耕种。

采樵图为李总戎题（二首）

江　源

腰斧深山远斫薪，担头风雪竟忘贫。
归来赖有齐眉妇[1]，不似区区汉买臣[2]。

远道樵苏何处翁，万山花木自青红。
圣朝不用知名姓，留得闲身伴葛洪[3]。

注

［1］齐眉妇：比喻有相敬如宾的妻子。

［2］汉买臣：指西汉大臣朱买臣。朱买臣年少时家境贫寒，靠砍柴为生。朱买臣在挑柴途中背诵诗文，被人耻笑，惹得妻子羞愧难堪，最后与他离婚。

［3］葛洪，字稚川，自号抱朴子，东晋道教理论家、炼丹家和医药学家，世称小仙翁。

漫　兴

江　源

东风摇翠鸟绵蛮，春色边城亦不悭[1]。

借问此春还有几，趁晴骑马看青山。

———————注

[1]悭：欠缺。

客　怀[1]

江　源

两年不见故园书，可是江南无雁鱼[2]。

总为浮名淹岁月，天涯愁绝又春馀。

———————注

[1] 客怀：身处异乡的情怀。

[2] 雁鱼：雁素鱼笺，指书信。

谒关云长祠[1]

江 源

万人之敌国士俦[2]，报曹高谊终归刘。
天若祚汉公不死，区区陆子[3]安能谋。

公生封侯死庙食，高堂香火垂千年。
试问孙曾[4]今在否，三公陈迹委寒烟。

———————注

　　[1] 关帝庙，位于松潘城南里许关公沟内，立有关帝庙碑，今已不存。

　　[2] 俦（chóu）：辈。

　　[3] 陆子：指东吴大将陆逊。建安二十四年（219 年），陆逊参与袭取荆州。黄初三年（222 年），孙权封陆逊为东吴大都督，在夷陵之战中火烧连营，击败刘备。

　　[4] 孙曾：孙子和曾孙，泛指后代。

客舍遣怀[1]

江　源

肃清堂上面青山，草色花光悦我颜。
案牍了来无俗客，闭门高卧强加餐。

---注

[1] 遣怀：抒写情怀。

苏　葵

（1450—1509），字伯诚，别号虚斋。广东广州府顺德县（今佛山市顺德区）龙头人，明朝学者、官员。成化二十三年（1487 年）进士，有《吹剑集》。

奉和刘都宪喜松潘报捷韵（二首）[1]

苏　葵

野无烽燧草无埃，戎虏输诚次第来。
千骑不如单骑力，今人真有古人才。
勒彝端可媲周雅[3]，拜将何烦筑汉台。
镇靖正宜羊叔子[4]，从前边衅咎谁开。

地屡天冠[5]绝点埃，万山烟净月明来。
貔貅尽领平戎略，中外浑惊迈众才。
五凤楼前宣露布，九夷人亦囿春台。
笙歌有待升平宴，宾从华筵甚日开。

注

[1] 本诗作于明孝宗弘治元年（1488 年）。奉和：作诗词与别人相唱和。都宪：明都察院、都御史的别称。这里的刘都宪是指四川都察院右副都御史刘璋（？—1504），字廷圭，河南卫辉人，成化二年（1466 年）进士，历任山东高密知县、福建道监察御史、山东佥事、山西四川副使、山西按察使布政使、右副都御史巡抚甘肃，颇有治绩。

[3] 周雅：指《诗经》中的《大雅》和《小雅》。因《诗经》均为周诗，故称。

[4] 羊叔子：指三国至西晋时期的战略家、政治家羊祜。

[5] 地屦（jù）天冠：比喻双方相差极大。

甲子七月二十日观刘巡抚发兵气势之盛
因占丑虏有不足殄作此二律以揄扬之
呈寅长诸君索和（二首）[1]

苏 葵

蜀乡原未识军容，此日方知有范公。
在在旁观称得策，人人西去愿收功。
甲光耀日惊飞鹬，剑气横秋断落虹。
从此威声如霹雳，不愁狐鼠不潜踪。

江汉军声久不闻，中丞威令一番新。
从来名下无虚士，信是师中贵丈人。
汉将每云乘破竹，松州何意有飞尘。
十年徒诵安边策，不得先锋挽六钧[2]。

注

[1] 甲子：明孝宗弘治十七年（1504 年）。刘巡抚：指四川巡抚刘洪（？—1515），字希范，湖广安陆州（今湖北钟祥）人，明朝成化十四年（1478 年）进士，历任阳谷县知县、浙江按察副使、广东按察使、都察院右佥都御史、贵州巡抚、四川巡抚，升右都御史，总督两广，入掌南京都察院事，官至南京都察院右都御史。

[2] 六钧：谓张满弓用力六钧，后因以指强弓。

●●● 郑善夫 ─────────────

（1485—1523），字继之，号少谷，又号少谷子、少谷山人等，闽县高湖乡（今福州郊区盖山镇高湖村）人，明代官员、儒学家（阳明学）。弘治进士，善书画，诗仿杜甫。著有《郑少谷集》《经世要谈》。

送苏侍御从仁使蜀

郑善夫

骢马[1]今何去，玄冥岁已残。

风云行剑阁，钲鼓动松潘。

事在西戎部，功亏旧将坛。

怀柔亦边略，要识圣恩宽。

───────── 注

[1] 骢（cōng）马：青白色的马，泛指健壮的骏马。

吴子孝

(1495—1563)，苏州府长洲人，字纯叔，号海峰，晚号龙峰、吴一鹏子。嘉靖八年（1529 年）进士。授台州推官，擢广平通判，历官至湖广参政，被谗免官，漫游山水而归。善书法，文章弘衍浩博，诗尤工，有《玉涵堂稿》。

送杨献甫之官四川行阃参军十二韵[1]

吴子孝

越巂怜君去，相违万里馀。

军参孙楚事，笔草孟嘉书。

鱼鸟惊新阵，貔貅耀旧旟。

桄榔[2]山叶暗，踯躅野花疏。

村女夸橦布[3]，羌人趁苇墟。

地当三蜀[4]险，府控百蛮居。

关徼留繻[5]日，风云按辔初。

巴渝歌甚乐，兵骑报宁徐。

才重松州幕，恩垂洱水车。

迁乔应不忝[6]，学武昔无如。

赞书元戎喜，筹边劲寇除。

少年谁得似，侠气满储胥[7]。

注

[1] 参军：官名。东汉末始有"参某某军事"的名义，谓参谋军事，简称"参军"。晋以后，军府和王国始置为官员。沿至隋唐，兼为郡官。明清称经略为参军。

［2］桄榔（guāng láng）：棕榈科桄榔属乔木状植物。

［3］橦（tóng）布：橦花织成的布。

［4］三蜀：汉初分蜀郡置广汉郡，武帝时又分置犍为郡，合称三蜀。

［5］繻（xū）：彩色的丝织品，又指古代一种用帛制的通行证。

［6］忝（tiǎn）：谦辞，表示辱没他人，自己有愧。

［7］储胥：栅栏，藩篱。

● ● ● **胡　澧** ———————————————————————————

（？—1524），字伯钟，号节庵。乐平（今广东省佛山市三水区）古灶村人。明孝宗弘治六年（1493年）进士。正德年间曾任整饬松潘兵备副使。

将赴松潘谒江市元帝庙[1]

胡　澧

庙貌中天起，旌旗北斗寒。

水光衣带远，山晚雾云残。

古路依村市，林霏湿客冠。

登临频送目，蜀道敢辞难。

注

[1] 本诗作于明武宗正德十一年（1516年）。这年九月，作者由叙州府知府升为四川按察司副使，整饬松潘等处兵备。

题万家坝绝壁[1]

胡　澧

皇恩如天巍似露，至今弯虏去敌爪。

磨崖刻传三四字，长留乾坤一桥光。

壁立万仞□人童，古人□童寿但高。

□顺长烈于风变，故垂为见黄狗无。

超越古今尧舜□，极□世事有□物。

今人知解肯着力，独下云霄亦是豪。

注

[1] 本诗作于明武宗正德十四年（1519 年）冬，现刻于四川省松潘县小河镇万家坝涪江边的绝壁之上。

顾　清

(1460—1528)，字士廉，江南华亭人，弘治六年（1493 年）进士，官至南京礼部尚书。诗清新婉丽，天趣盎然。著有《东江家藏集》《松江府志》等。

何处士赏静亭

顾　清

万里松州限蜀川，风流幕府重当年。

筹边屡上金城略，退食[1]还歌菉竹[2]篇。

意外云山争自媚，环中风月许谁传。

瀼西[3]茅屋长邻近，相望孤鸿落照边。

———— 注

[1] 退食：食量减退，不进食。

[2] 菉（lù）竹：荩草的别名。

[3] 瀼（ràng）西：指重庆奉节瀼水西岸地。唐杜甫居夔州时曾迁居于此，有《瀼西寒望》诗："瞿唐春欲至，定卜瀼西居。"

●●● 王廷相

（1474—1544），字子衡，号浚川，世称浚川先生，河南仪封（今兰考）人。明代著名文学家、思想家、哲学家。明孝宗时，与李梦阳、何景明等人提倡古文，反对台阁体，时称"七子"（"前七子"）。

六　番

王廷相

叠岭[1]师先捷，松州部远移。

不缘蜀父老，却罢汉旌旗。

火井秋能度，碉门瘴可披。

六番从尔长，莫作负恩私。

注

[1] 叠岭：重叠的山岭。

胡桃沟行

王廷相

松州之南茂州北，豺狼当道储饷厄。
中丞调兵急于火，夜里平番碉房破。
游击将军张世贤，赤心杀贼不愧天。
胡桃沟里被围急，弯弧四顾心茫然。
高岸当前后番房，箭镝奔雷辟地户。
胡骝不幸误一蹶，徒手犹能搏雕虎。
芮家参将才且都，守边不数丁大夫。
忍令对面不相救，安在奋勇西击胡。
几人同来不同死，将军血作沟中水。
生时豪气雄万人，死后忠魂报天子。
边城二月吹芦笳，怨声番入胡桃花。
胡桃花开白练练，沟底行人泪如线。

杨 慎

(1488—1559)，明代文学家，明代三大才子之首，字用修，号升庵。明武宗正德六年（1511 年）状元及第，授官翰林院修撰。后因"大礼议"事件，触怒世宗，被杖责罢官，流放滇南，故自称博南山人、金马碧鸡老兵。著作达百余种，后人辑为《升庵集》。

雪山歌

杨 慎

君不见雪山玉立天西头，使君新起迎仙楼。

粉霞垩翠天尺五，恍如方壶与瀛洲[1]。

又不见楼中仙人雪山子，质抱琼黄服金紫。

夕服沆瀣吞沦阴，朝茹灵芝和石髓。

楚国湘累[2]蜀谪仙[3]，光焰日月悬千年。

沈醉大雅怜湘素，枕芨离骚拾蕙荃。

因思谢朓吟红药，玉湖亦动兰池作。

澜翻笔底涌波涛，磊落胸中著丘壑。

瑟瑟秋风迎初商，碧霄如拭鲜飙凉。

塞垣[4]鸿雁来千里，河汉文章仰七襄[5]。

天籁为歌露为酒，弄玉传怀飞琼走。

还赓白雪郢中篇，遥指群仙为君寿。

注

[1] 瀛洲：传说中的东海仙山。

[2] 湘累：指屈原。

[3] 谪仙：指李白。

［4］塞垣：本指汉代为抵御鲜卑所设的边塞，后亦指长城、边关城墙，这里指边塞、北方边境地带。

［5］七襄：织女星。

次韵[1]刘润之岁暮见怀

杨　慎

江曲横烟远树底，衡门[2]榛草晚萋萋。
美人明月劳相忆，游子浮云梦不迷。
桂水舟航天堑北，松州车马雪峰西。
愁来拟对公荣酒，醉里放歌严氏溪。

—————注

[1] 次韵：指古体诗词写作的一种方式，按照原诗的韵和用韵的次序来和诗。也叫步韵。

[2] 衡门：横木为门。指简陋的房屋。借指隐者所居。

●●● 朱廷立

（1492—1566），字子礼，一字两崖，湖北省通山县人。嘉靖二年（1523年）进士。著有《盐政志》。

雪 山

朱廷立

谁将和氏玉，妆点蜀山尖。

野戍三城[1]白，边庭六月寒。

天开云母障，日照水晶帘。

掛笏看收处，公馀兴未厌。

有峰跨九顶，无雪不千秋。

便觉通霄汉[2]，还将傍斗牛[3]。

泉飞云忽起，彩散日初浮。

最喜当窗近，时时得坐游。

注

[1] 三城：指松州、维州和保州三城，唐代以来即为蜀边要镇。

[2] 霄汉：云霄和天河，指天空极高处。

[3] 斗牛：二十八宿中的斗宿和牛宿，借指天空。

胡 直

(1517—1585)，吉安泰和螺溪创洲村（今江西泰和）人，字正甫，号庐山，学者称庐山先生。嘉靖三十五年（1556 年）进士。著有《胡子衡齐》，胡适称"此书为明代哲学中一部最有条理又最有精采之书"。其他著作，后人辑为《衡庐精舍藏稿》三十卷、《续稿》十一卷。

甲子冬赴松潘过窦圌山历明月关俱有罗两华题迹时闻两华以贵阳宪长归矣怀望赋此[1]

胡 直

窦圌山外隔仙踪，明月关头路几重。

遥忆故人思故国，且从高躅[2]躏高峰。

千寻飞栈天为尽，万折危峦鸟不逢。

独羡陶潜归去早，一尊何处抚孤松。

注

[1] 本诗作于明世宗嘉靖四十三年（1564 年），为甲子年。窦圌山：又名圌山，位于今四川江油北部涪江东岸武都镇。明月关：位于今四川省绵阳市平武县南坝镇，因涪江明月渡得名，又名江油关、涪水关，是涪江上游的重要关隘。

[2] 高躅（zhú）：有崇高品行的人。

游 朴

(1526—1599)，字太初，号少涧，福建柘洋（今柘荣县）人，明代官员，万历二年（1574年）进士。生前著有《藏山集》《岭南稿》《山社草》《石仓诗选》《武经七书解》《浙江恤刑谳书》《游太初乐府》等，已佚。唯有州人张大光在游朴去世后搜集编印的《游参知文集》二卷尚存。

建昌[1]夷变

游 朴

才报松州乍解围，又传越巂羽书[2]驰。

商宗未震三年伐，方叔犹勤六月师。

樵爨[3]只今忧饷馈，茧丝能假念疮痍。

书生空负毛锥[4]诮，欲请长缨漫有期。

注

[1] 建昌：位于今四川西昌。明朝曾在此设立建昌军民指挥使司。

[2] 羽书：古代插有鸟羽的紧急军事文书，俗称鸡毛信。

[3] 樵爨（qiáo cuàn）：打柴做饭。指烧火做饭的人。

[4] 毛锥：毛锥子，泛称笔。

● ● ● 薛 曾 ────────────────────

字师孔，福清（今福建省福清市）人。嘉靖三十五年（1556 年）进
士。初授中书舍人，历吏部考功司员外、四川副使、广西参政。曾出
任威茂兵备。

雪 山

薛 曾

雪岭高寒井络[1]边，千年积雪尚依然。

层楼直接三城戍，悬磴西连万里天。

琪树[2]笼晴光夺日，银潢[3]垂练午生烟。

玉京[4]咫尺琼楼在，应有飙车载列仙。

──────── 注

[1] 井络：井宿的分野。专指岷山。

[2] 琪树：仙境中的玉树。

[3] 银潢：天河，银河。

[4] 玉京：道家称天帝所居之处。

●●● 缪宗周 ————————————————

字惟静，号碌溪，云南通海人，正德进士，官户部主事，历江西按察司佥事、四川布政使司右参议，累官四川右布政使。

松州一老歌为林下监生易文赋[1]

缪宗周

松州老翁一侧居，皓齿童眸眸十馀。

抚时论事露肝赤，智中经验多成书。

世儒出门即高议，纸上文章等糠粃。

殷浩[2]当时亦有名，子云[3]识字空为异。

圮桥[4]胯下者何生，挥霍[5]百战开炎精[6]。

小敌逡巡大敌勇，博衣长者南阳卿。

太平诸贤厌卑恻，耻为甲兵薄钱谷。

补天柱地竟何成，耀日争金几湮没。

西山豪家猛若云，生儿重武不重文。

张弓挟矢格战门，暴骨流血为膻荤。

谈兵成败古来有，白日青天韩范后。

谋臣经国贵万全，千载卧龙一回首。

英雄已去谁能同，眼底智计称何公。

横梁铁桥断复续，雪山之势为丰隆。

易生更是松州士，立谈顷刻尽边事。

山川形胜画著间，番房驰骤徒为耳。

我来得生恨已晚，三叹出房怀俛仰。

乾坤浩荡有穷人，绝塞寒寥见肮脏。

青稞美酒琉璃杯，为君倒尽扶桑台。

长歌松州一老曲，日月不断春光回。

[1] 本诗作于嘉靖丙午（嘉靖二十五年，1547年）秋，作者时任四川松潘兵备道副使。本诗先被刻于四川松潘施家堡十二道拐的鳌字牌石碑上，清代蓝翔统带诚右营官弁兵勇、俍先游击邹绍南重刊。易文：罗振玉雪鸿堂藏《筹边一得》一文作者，文中作者自署"古松藏拙草莽山人易文"，自称时年七十三岁。该文纵论松州在军事上的重要地位，总结历代经略得失，针对现状提出治理之策。

[2] 殷浩：东晋时期大臣、将领。

[3] 子云：西汉文学家、语言学家、哲学家扬雄。

[4] 圯（yí）桥：指秦末张良与一老父相遇并受《太公兵法》之桥。事见《史记·留侯世家》。桥后毁废，故址在今江苏省邳州市南。

[5] 挥霍：指轻捷、敏捷；迅疾貌。

[6] 炎精：指应火运而兴的王朝。这里指代属于火德的汉朝。

汤显祖

• • • 汤显祖 ——————————————————————————

(1550—1616)，江西临川人，字义仍，号海若、若士、清远道人，中国明代戏曲家、文学家，被称为"东方的莎士比亚"。其戏剧作品《还魂记》《紫钗记》《南柯记》《邯郸记》合称"临川四梦"。他还是一位杰出的诗人。诗作有《玉茗堂全集》四卷、《红泉逸草》一卷、《问棘邮草》二卷。

送王松潘寄怀蔡参知威茂[1]

汤显祖

长安西尽一维州[2]，独坐边楼得借筹。
万里军储从灌口[3]，百花风物寄遨头。
怀湘赋许江蓠[4]泣，入蜀书因蒟酱[5]求。
未爱王郎轻九折，同官欣作锦官[6]游。

注

[1] 本诗作于万历三十年（1602 年），此时作者弃官居家。王：指作者好友王志，东乡（今江西省抚州市）人，万历三十年十二月由福建布政使司右参议任四川右参议兼按察司佥事，整饬松潘等处兵备。寄怀：托寄情怀。

[2] 维州：唐代著名边城，唐武德七年（624 年）于姜维城置。治薛城县（今理县东北薛城）。辖境相当于今四川理县地，为蜀西冲要。

[3] 灌口：在今四川省都江堰市。唐李吉甫撰《元和郡县志》："灌口山在导江县（即都江堰市旧名）西北二十六里，汉文翁穿湔江灌溉，故以（灌口）名山，亦曰金灌口。"

[4] 江蓠：古书上记载的一种香草名。

[5] 蒟（jǔ）酱：以蒟子制成的酱，可用来调食，有辣味。蒟子，是胡椒科胡椒属藤本灌木。

[6] 锦官：锦官城，成都的别名。

怀王参知松潘[1]

汤显祖

仗节[2]西游自一时，雪山秋色照峨眉。
羲之只作常言语，未了[3]汶江一客奇。

———————注

[1]本诗作于万历三十年（1602年）后，此时作者弃官居家。王：作者的好友王志，时任四川右参议兼按察司佥事，整饬松潘等处兵备。

[2]仗节：手执符节。古代大臣出使或大将出师，皇帝授予符节，作为凭证及权力的象征。

[3]未了：没有了却的心事。

问松潘使者[1]

汤显祖

松潘长夏雪花吹，万叠碉房日上迟。
大有牛羊张笮[2]酒，不放鰕菜[3]似龙芝[4]。

------ 注

[1] 本诗作于万历三十年（1602年）后，此时作者弃官居家。
[2] 笮（zuó）：竹篾拧成的绳索。
[3] 鰕（xiā）菜：用鱼虾做成的菜肴。
[4] 龙芝：中药名，鼯鼠科动物橙足鼯鼠和飞鼠等的干燥粪便。

● ● ● 林熙春

(1552—1631)，字志和，号仰晋，生于嘉靖三十一年（1552年），海阳龙溪（今广东省潮州市潮安区庵埠镇）宝陇村人，万历十一年（1583年）进士。热心于藏书、著述。所著计有《赐闲草》《赐还草》《赐传草》《城南书庄草》《掖垣出山疏草》等。

送麻将军南柱之^[1]松潘元戎^[2]将军在潮曾擒斩倭将濒行又忽闻制台^[3]念将军母老为改粤西尚在需命诗中及之

林熙春

迁客[4]新弹上将冠，鲸波[5]久已缚呼韩。

登坛喜觉长安近，叱驭[6]宁辞蜀道难。

旌旆星悬三峡动，岷峨雪霁万山寒。

多君恋母情无限，铜柱声闻指顾看。

―――――― 注

[1] 之：到。

[2] 元戎：主将，统帅。

[3] 制台：明清时对总督的敬称。

[4] 迁客：遭贬迁的官员。

[5] 鲸波：巨浪。

[6] 叱驭：为报效国家，不畏艰险之典。也借喻不再奔波于仕途，或喻指路途艰险。

万 萼

字用甫，号梅轩，云南人。万历二十年（1592 年）任松潘指挥同知。

题包子寺[1]

万 萼

绿树重阴覆碧峨，斜阳嘶马下层坡。

喇嘛僧静风声软，包子寺寒月色幡。

七校枕戈无战垒，八郎司[2]铎有夷歌。

天涯尽处皆王化，何事骁骑出塞多。

注

[1] 本诗大约作于明万历二十年（1592 年）。万历年间，蒙古俺答汗势力进入松潘。万历三年（1575 年），俺答亲自率军攻占松潘牟尼寨包子寺。万历八年（1580 年）及十四年（1586 年），蒙古势力两次攻击明军，皆为明军击破。此役以后，曾被蒙古势力攻破的牟尼包子寺回到了明廷控制。包子寺：寺庙名，今四川省松潘县安宏乡肖包寺。

[2] 八郎司：指八郎土司，明永乐十五年（1417 年）置八郎安抚司，属松潘卫。治所在今四川松潘县北三十里。

方象瑛

(1632—?)，清初诗人。字渭仁，号霞庄，浙江遂安（今浙江淳安）人，康熙六年（1667 年）进士。授内阁中书。充顺天乡试同考官。十八年（1679 年），因荐试中"博举鸿儒"科二等，授翰林编修，参与修撰《明史》。有《健松斋诗文集》三十四卷、《封长白山记》一卷、《松窗笔乘》三十卷。

雪 山

方象瑛

未是峨眉境，何来入座看。

蛮中晴亦雪，徼外[1]暑偏寒。

云散千峰白，霜凝万壑丹。

鳞鳞望不断，指点是松潘。

注

[1] 徼（jiǎo）外：塞外，边外。

王士禛

（1634—1711），原名王士禛，字子真，一字贻上，号阮亭，又号渔洋山人，世称王渔洋。山东新城（今山东省桓台县）人。清初诗人、文学家、诗词理论家。顺治十五年（1658年）进士。一生著述达500余种，作诗4000余首，主要作品有《渔洋山人精华录》《蚕尾集》《池北偶谈》《香祖笔记》《居易录》《渔洋文略》《渔洋诗集》《带经堂集》《感旧集》《五代诗话》《精华录训纂》《蚕尾集》等数十种。

天柱山绝顶望见岷山诗

王士禛

鞍马众峰头，苍茫万里收。

岷山横塞外，灌口接天流。

要害三城戍[1]，边防八月秋。

大荒飞鸟外，眼底尽洮州[2]。

注

[1] 三城戍：指松州、维州和保州三城。

[2] 洮州：古地名，羌族故地，在今甘肃省临潭县西南。

登成都西城楼望雪山

王士禎

秋老锦官城[1]，西风捲[2]斾旌。
霜高犀浦落，日出雪山明。
黎雅初增戍，松潘未罢兵。
谁能凌绝顶，万里一峥嵘。

---注---

[1] 锦官城：城名，故址在今四川成都南。成都旧有大城、少城。少城古为掌织锦官员之官署，因称"锦官城"。这里用作成都的别称。

[2] 捲（juǎn）：同"卷"。

●●● 汤右曾 ────────────

(1656—1722)，字西厓，清仁和（今杭州）人。康熙二十七年（1688
年）进士，官吏部侍郎。著有《怀清堂集》20卷，有诗才，人称"诗
公"，与朱彝尊齐名。

仙女堡行[1]

汤右曾

威弧几时落旄头，松州雪岭犹防秋[2]。

仙女堡当转粟道，仰窥千仞俯九幽。

嵜嶔[3]一线险莫俦，雨淋石滑行人愁。

马蹄忽蹶徐县尹，下与万里长江流。

妻儿泪应猿声落，苦怨天高鬼神恶。

汉家嫖姚[4]方少年，蹋鞠[5]军中正为乐。

注

[1] 仙女堡：位于今四川省绵阳市平武县阔达乡仙坪村。明清时
期，此地修筑有城堡，为涪江上游松龙古道上的重要关堡之一。清代，
此地驻军属松潘镇所辖。

[2] 防秋：古代西北各游牧部落，往往趁秋高马肥时南侵。届时边
军特加警卫，调兵防守。出自《旧唐书·陆贽传》："又以河陇陷蕃已
来，西北边常以重兵守备，谓之防秋。"

[3] 嵜嶔：又作嶔嵜，山石怪异貌。

[4] 嫖姚：这里指西汉名将霍去病。

[5] 蹋鞠：蹴鞠的别称。

●●● **刘绍攽** ————————————————————

(1707—1778)，字继贡，清代学者，西安府三原县（治今三原县）人。
工于诗和古文，喜欢讲古音韵及方程、勾股等算术之学。有《九畹集》
及《周易详说》18卷等传世。

岷　江

刘绍攽

江声如万鼓，日日诧惊雷。
急浪迎风立，盘涡触岸回。
顿令裘葛[1]异，频觉燠寒[2]催。
夷汉居相杂，安边仗俊才。

———————————— **注**

[1]裘：冬衣。葛：夏衣。裘葛泛指四时衣服，借指寒暑时序
变迁。

[2]燠（yù）寒：温暖与寒冷。

陈裴之

(1794—1826)，字孟楷，号小云，别号朗玉山人，清代诗人，钱塘人。诸生，官云南府南关通判。有《澄怀堂集》。

与徐星伯[1]年丈[2]论江河[3]二源赋此纪之

陈裴之

河出昆仑虚，并渠千七百。昆仑在何所，译言阿木七。

其下星宿海，沮洳[4]钟巨泽。三伏复三见，经历古西域。

伏遇沙塞黄，见遇土壤黑。神禹所疏凿，荒度始积石。

汉使寻张骞，元使命都实[5]。虽经绝塞行，所见殊未的。

国朝幅帽广，已扩地球脊。茫茫叶尔羌，远与河源值。

迢迢阿克苏，亦近河源侧。我观河源图，惜未河源涉。

聊作河源诗，当著河源说。江源亦有三，远者来昆仑。

山南与山北，与河同发源。是名金沙江，两界包乾坤。

万丈温都雪，消以朝阳暾。亦有鸦砻江[6]，青海接玉门。

源与星宿同，满地银涛翻。岷山地最近，门闼通松潘。

羊膊与铁豹，咫尺篱与藩。远干近为支，势若卑承尊。

卫藏地可括，井络天可扪。李冰凿离堆，石犀今犹存。

鳖灵辟三峡，更验江水痕。一卷入蜀记，剪烛从君论。

注

[1] 徐星伯：指清代著名地理学家徐松（1781—1848），字星伯，原籍浙江上虞（今绍兴市上虞区），后迁顺天大兴（今北京市大兴区）。有《西域水道记》等著作。

［2］年丈：又称年伯，科举时代为对父亲同年登科者的尊称，明代中叶以后亦用以称与父亲同年的伯叔，后泛指父辈。

［3］江河：指长江与黄河。

［4］沮洳（jù rù）：由腐烂植物埋在地下而形成的泥沼。

［5］都实：中国元代旅行家，元至元十七年（1280年），带领人马到黄河源进行勘察。这是中国历史上第一次大规模考察河源的行动。

［6］鸦砻江：这里指雅砻江，是金沙江的最大支流，又名若水、打冲江、小金沙江。

●●● 王梦庚

字槐庭，号西疃，金华人。嘉庆癸酉科（1813 年）拔贡，道光十一年
（1831 年）任松潘厅同知，历官四川川北道。有《冰壶山房诗钞》。

松州即事

王梦庚

六月飞霜五月裘，墨云黑浪古松州。

不辞走马来天外，为要看山到尽头。

雪拥蓬婆[1]城外垒，云开滴薄成闲楼。

中山遗像[2]还留在，为酌香醪[3]荐素秋。

注

[1] 蓬婆：山名，在今四川省茂县西南。

[2] 中山遗像：这里指元末明初名将、明朝开国元勋徐达（1332—
1385），字天德，濠州钟离（今安徽凤阳东北）人。累官至太傅、中书
右丞相、参军国事兼太子少傅，封魏国公。洪武十八年（1385 年），徐
达去世，朱元璋追封其为中山王。明朝万历年初，徐达后裔徐佳胤担任
松潘卫指挥佥事，在松潘修建徐中山第，屋宇堂皇，有楼一座，供奉明
太祖暨徐国公绘像。每年冬至节，族人聚集祭祀，一直延续到清朝。

[3] 香醪：美酒。

金蓬山^[1]

王梦庚

连云叠嶂翠玲珑，拱卫岩城左顾雄。

山色合宜标玉垒，羌居曾说萃金蓬。

樵歌松柏晴烟外，牧笛牛羊夕照中。

日暮荒营闻鼓角，边关锁钥^[2]仗元戎^[3]。

---------------注

[1] 金蓬山：在松潘县东，历史上有羌人金蓬者居于此山，其"金蓬晚照"为"松州八景"之一。

[2] 锁钥：喻指在军事上相当重要的地方。

[3] 元戎：军器名，弩的一种。

●●● **刘秉璋** ——————

(1816—1905)，清安徽庐江人，字仲良。晚清重臣，淮军名将。咸丰十年（1860 年）进士。同治间，从李鸿章镇压太平军、捻军，转战江浙鲁豫。光绪间，任浙江巡抚。中法战争时，严防沿海要隘，击退法军。后官四川总督。

阅兵松潘道中作

刘秉璋

铃辕[1]小队拥旌旗，嘉命恭承远视师。

马齿六旬吾老矣，羊肠九折命驱之。

层峦细入龙眠画[2]，秀岭雄于太白诗。

匹练[3]悬流三百里，匡庐瀑布[4]未云奇。

注

[1] 铃辕：长官的公署或临时驻地。

[2] 龙眠画：这里指北宋著名画家李公麟的画作。李公麟（1049—1106），字伯时，号龙眠居士、龙眠山人，是龙眠画派的创始人。

[3] 匹练：成匹的长幅白绢，比喻瀑布从山崖倾泻而下，极为壮观。

[4] 匡庐瀑布：指江西庐山瀑布。

于式枚

（1853—1916），字晦若，祖籍四川营山，生于广西贺州。光绪庚辰科（1880 年）进士，官至吏部侍郎。充当李鸿章文案十余年。1913 年清史馆成立后，任纂修清史稿总阅。

成都浣花草堂杜少陵祠（其四）

于式枚

江上三年病，人间万事非。
魂随星使节，血惨汉臣衣。
桂岭谁通问，松州正合围。
秦川秋信早，乱定几曾归。

●●● 曾国才 ────

(1848—1918)，字华臣，四川省简阳市人。尊经书院肄业，主讲简阳
凤鸣、凤翔两书院。有《橘园诗抄》六卷。

玉垒关[1]

曾国才

太平谁复念时艰，斥堠[2]森严玉垒关。

兰道牛羊充贡使，松州烽火逼诸蛮。

万峰阴合晴如雨，六月炎蒸雪在山。

到此不胜今昔感，湔流犹自碧潺潺。

注

[1] 玉垒关：是位于今四川省成都市都江堰市的关隘，是古代川西
平原连接川西北的要隘，故称"川西锁钥"。

[2] 斥堠：亦作"斥候"，古代的侦察兵。

毛　澄

(1843—1906)，字叔云，四川仁寿人。光绪庚辰（1880 年）进士，改庶吉士，授滕县知县。自光绪十年（1884 年）起，先后历任山东数十县知县，皆勤政爱民、政绩卓越。著有《群经通释》《三礼博义》《秦蜀山川纪要》《齐鲁地名今释》《辽、宋、金元中外形势合论》《治河心要》等，除《稚澥诗集》尚存外，余均散失。

竹根滩

毛　澄

短篙入手似长镵[1]，八节滩头一字帆。
江受石侵云半仄，沙经卤渗水微咸。
舱中药草松潘雪，筏上苔衣瓦屋杉。
如此山川转东去，峨嵋仙子太思凡。

注

[1] 长镵（chán）：亦作“长搀”，古代踏田农具。古称蹠铧，元代叫踏犁，是远古农器耒耜之遗制。

祁鼎丞

清末松潘诗人。

雪岭晴岚

祁鼎丞

雪岭栏干外，层层拥玉岚[1]。

如披摩诘[2]画，霁色胜终南。

注

[1] 岚：山里的雾气。

[2] 摩诘：指唐代诗人王维，字摩诘。

雪宝顶（其一）[1]

祁鼎丞

驱车东望雪栏关[2]，绝壁巉崖不可攀。

雨后辟开新世界，层层叠叠尽银山。

———————— 注

[1] 雪宝顶：又称雪宝鼎，岷山山脉主峰，位于四川松潘。

[2] 雪栏关：位于四川松潘县东三十里的雪栏山上，明代所置。《明史·地理志》：松潘卫东有雪栏关。其"雪栏霁色"为松州八景之一。

雪宝顶（其二）

祁鼎丞

策马岷江最上游，千年积雪皓[1]松州。
严公不作山犹重，皎皎凌空白玉楼。

―――――注

[1] 皓：洁白。

风洞山^[1]

祁鼎丞

夏日狂风习习吹，罗衣^[2]凉透似秋时。
洞中应有飞廉^[3]骨，尘世游人那得知。

———————注

[1] 风洞山：位于松潘县东四十里，山势高峻。明代在此设立风洞
关。东北一洞，深邃，人迹罕至。午后，风声飒飒，自洞中出。其"风
洞秋声"为松州八景之一。

[2] 罗衣：用轻软丝织品制成的衣服。

[3] 飞廉：汉族传说中人面鸟身的天神，又称风师、箕伯、风伯、
风神等。

黄　龙

祁鼎丞

雪山山寺雪山麓，昔为黄龙修真屋。

黄龙上飞不复睹，空余古洞白云簇。

汉夷朝拜六月中，我亦风尘共追逐。

子弟相随驰八马，中有名驹玉花腹。

险如平地登崇岭，背出骨石[1]趋金蓬[2]。

雪栏关上煮仙茗，活火新煎鱼眼浓。

沁我诗脾足乘兴，忽闻鸡犬鸣天空。

行人语此是风洞，时当夏日闻秋虫。

想是混沌凿巨窍，雪山灵气由此通。

远见一岭起天半，五岳失峻无兹崇。

铁蹄径度九折阪，絮语绝顶观无穷。

尚有一峰高不极，霞烧巌石丹砂红。

俯视万山伛平地，仰窥十指摩苍穹。

东北走龙绵，西南即茂松。

西北通夷巢，东南筑崇墉[3]。

忆昔避寇昼夜伏，羌夷恶焰正汹汹。

满地坚冰映明月，千山积雪当隆冬。

一步一歇，不知所指。

气喘郁胸，汗流盈体。

偶逢侠少年，负我远故趾。

六载行踪犹未远，今朝鸿泥[4]复印此。

立马风头不可当，载驱直下三岔子[5]。

突兀左右皆童山，羊肠一道何迤逦。

乔松古柏翠连云，飘渺犹疑蜃楼起。

山随路转境忽开，游骑布帐纷纷是。

只因游仙不肯驻，桃源彷佛在咫尺。

　　曲径入幽深，悬崖相对峙。

　　辗转穿薜萝，隐约闻芳芷。

玉嶂[6]参天走素虹[7]，金沙映水游赤鲤[8]。

巫峡神功无此奇，峨眉秀色差堪比。

好景难得日难留，明朝再备谢公履[9]。

我偕子弟卧山间，独抱明月暂休止。

　　旭日忽瞳瞳，游人正如市。

　　炊烟暗不分，羌歌出云里。

独立欢场思渺然，马君具馔邀我餐。

烹羊炮羔且为乐，相约爇[10]火窥洞天。

　　石床与古佛，构造知何年。

天浆滴出石钟乳，洞底应有龙潜渊。

君不见程生访道居此间[11]，洞中七日证仙缘。

渴饮玉泉食石髓，夫妻羽化上池边。

寻幽探奇不辞远，更上山头看雪莲。

仙草盈握花如掌，写将一幅画图传。

如此畅游难再得，归来犹忆雪山巅。

注

[1] 骨石：指骨石崖，位于松潘县西北十五里，巉削峥嵘，不生草木，秋冬积雪皑然，黄花满山，与雪宝顶雪莲相映。当地藏族百姓尊其为神山，朝拜者络绎不绝。

[2] 金莲：指金莲山，位于松潘县东五里，与西岷顶相对峙，形势巍峨，气脉绵远，为松潘县东南要隘。入夏，青翠欲滴。薄暮，诸峰暗

淡，此山余晖犹映。其"金蓬晚照"为松州八景之一。昔羌族首领金蓬居此，遗冢尚存，故名。

[3] 崇墉：高墙、高城。

[4] 鸿泥：鸿鸟在雪泥上留下的爪印。比喻往事的痕迹。

[5] 三岔子：地名，在松潘县东四十五里，是涪江的发源之处。

[6] 玉嶂：积雪的山峦。

[7] 素虬（qiú）：古代传说中为仙人驾车的一种白色的龙马。

[8] 赤鲤：赤色鲤鱼，传说中的仙人坐骑。

[9] 谢公屐：即谢公屐，指南北朝诗人、旅行家谢灵运（385—433）登山时穿的一种木鞋，鞋底安有两个木齿，上山去其前齿，下山去其后齿，便于走山路。

[10] 爇（ruò）：点燃，焚烧。

[11] 程生访道居此间：清朝乾隆年间，松潘城内南街的道士程世昌，偕妻高氏隐居于黄龙寺内。夫妇俩殁后，被合葬于黄龙寺后。其墓逐渐被黄龙的五彩池所覆盖，仅余墓碑顶部和旁边的石塔露出水面，被称为"石塔镇海"。

黄龙彩池

兰花山[1]

祁鼎丞

自从九畹[2]掇芳还,几度春风到此山。

愿筑数椽香雪里,美人清梦伴幽闲。

---注

[1] 兰花山:位于松潘县东一百八十里,小河古城东南隅。春时兰花遍岭,香闻十余里,故名。其"兰岭春芳"为涪阳八景之一。涪阳,小河城的旧称,唐代在此设立涪阳戍。

[2] 九畹:意思是后世为兰花的典实。出自《楚辞·离骚》:"余既滋兰之九畹兮,又树蕙之百亩。"

西岷山^[1]

祁鼎丞

移家休傍此山隈，曩日^[2]群酋犯顺来。

豺虎纵横民命贱，烽烟闪烁室庐灰。

运筹谁建终军业，旷代难逢定远才。

怅望前贤今不作，夕阳荒草曷胜哀。

此予辛亥夏月作，竟成谶语。冬间遇难，仅以身免^[3]。今夏重游斯土，幸民皆复业，城市一新。回忆沧桑已经六载，爰续数语以遣所怀。

注

[1] 本诗作于宣统三年（1911 年）夏。西岷山：又称崇山，位于松潘县城西北隅。松潘城垣半跨山顶，盘旋而上，可望雪栏诸胜。山顶筑有城门，号曰"威远门"。

[2] 曩日：往日，以前。

[3] 这里指的是发生在清宣统三年（辛亥年，1911 年）的辛亥变乱，变民围攻松潘县城，城破后，城内房舍全被烧毁，居民死伤无数，俗称"松潘难城"。

金蓬山[1]

祁鼎丞

豪健当能摄众羌，称戈牧野助周王。

昔年雄略今安在，墓木苍苍照夕阳。

—————————注

[1] 金蓬山：位于松潘县东五里，与西岷顶（即西岷山、崇山）相对峙，形势巍峨，气脉绵远，为松潘县东南要隘。入夏，青翠欲滴。薄暮，诸峰暗淡，此山余晖犹映。其"金蓬晚照"为松州八景之一。昔羌族首领金蓬居此，遗冢尚存，故名。

炉　峰[1]

祁鼎丞

诸峰鼎峙日光寒，破晓青烟出翠峦。

料得仙人逃世处，安排铅汞正烧丹。

―――――注

[1] 炉峰：位于松潘城南一里，山峰对峙，形如炉鼎。每当清明晨晓，便有青烟自峰顶直上，十分壮观。其"炉峰晓烟"为"松州八景"之一。

钟坠山[1]

祁鼎丞

追蠡[2]何年系蜀疆，巉崖卧[3]石叩锵锵。

东坡远作《钟山记》[4]，曾不遨游遍故乡。

—————————注

[1] 钟坠山：位于松潘县东南五里，山形绝肖悬钟。行人经过若偶语，崖壁应声，铮铮作响。

[2] 追蠡（lí）：经久而剥蚀的钟器。

[3] 卧：同"卧"。

[4] 这里指宋代文学家苏轼于宋神宗元丰七年（1084 年）游石钟山后所写的一篇考察性的游记《石钟山记》。

骨石崖[1]

祁鼎丞

嶒崚[2]气象肃孤高，翻笑神山似不毛。

雪里黄花容易瘦，祇余清骨待归陶。

---注

[1] 骨石崖：位于松潘县西北十五里，巉削峥嵘，不生草木，秋冬积雪皑然，黄花满山，与雪宝顶雪莲相映。当地少数民族尊其为神山，朝拜者络绎不绝。

[2] 嶒崚：高而险峻貌，不平貌。

映月桥[1]

祁鼎丞

青天有月圆如盂，点入潭心一颗珠。

未许潜龙吞得去，一飞出水上云衢[2]。

------------ 注

[1] 映月桥：位于松潘古城小西门外，始建于明朝永乐年间，后历代均有修整。为廊桥，亭阁檐角雕刻有飞禽走兽。凭栏仁望，远山如黛，流水淙淙，下有潭，深莫测。夜静江澄，月圆如珠。其"龙潭映月"为"松州八景"之一。民间俗称"蚂蟥桥"。

[2] 云衢：云中的道路，借指高空。

通远桥[1]

祁鼎丞

长虹远驾接西天，深锁岷江不计年。
塞外渐消千里雪，山中新涨百重泉。
滩头树老连云集，渡口花开夹岸鲜。
万里人归无病涉，且容驷马著先鞭。

注

[1] 通远桥：位于松潘城东觐阳门外，上连雪山，下接茂、汶，为二十五州之要道、四百余寨之关键，故名。传说蚕丛开国，神禹导江即建此桥，历经兵燹，桥名仍旧。每至春天雪融潮涨时节，两岸草绿花红，杏花吐蕊，百鸟争鸣。其"古桥春涨"为"松州八景"之一。

赤松观[1]

祁鼎丞

道能入火任烧频，信有仙人已化身。
留得贞松[2]三五本，枝柯尽作老龙鳞。

———————— 注

[1] 赤松观：位于松潘古城东南隅。明朝洪武年间，钱塘（今杭州）道士顾道升始就地筑观，诣蜀献王朱椿请额，蜀王命教授张景辰隶"古赤松观"四字及荆南道士刘虚舟在蜀王府所进献赤松子画像、诫经而归。后道升复筑玉皇阁。清朝咸丰庚申年（1860年），松潘发生变乱，赤松观被毁。其"赤松古迹"为"松州八景"之一。

[2] 贞松：松耐严寒，常青不凋，故以喻坚贞不渝的节操。

大悲寺[1]

祁鼎丞

羽人一去杳无踪，禅院空留警世钟。

不是雪山云雾隔，声随岷岭到临邛[2]。

------------- 注

[1] 大悲寺：位于松潘西崇山上。最初为唐天宝年间僧人智广所建。明洪武二十六年（1393 年），僧人宝玉再建。正统十年（1445 年），敕颁佛经，置藏经阁。景泰时，禅师智中重修，明帝封智中为崇化禅师，赐银印、冠帽、袈裟、藏经。智中，浙江仁和人，姜姓。清光绪二十一年（1895 年），松潘总兵夏毓秀得大悲寺崇化禅师印，送成都昭觉寺保存。大悲寺于清咸丰庚申变乱中被毁。同治年间重修，宣统辛亥变乱，复毁。民国五年（1916 年），募赀重建。

[2] 临邛：今四川邛崃。这里指如果不是雪山云雾阻隔，大悲寺的钟声可以远传到临邛。诗人在此化用了大悲寺的一个民间传说：一方士为大悲寺铸钟。铸成离别时，方士嘱咐大悲寺和尚："我离去十日后方可敲钟，其声可备边警，勿急也。"寺内和尚不解其意，在他离去当天下午便敲响此钟。时方士只走到雪山梁，闻声叹道："钟声仅能到此！"后果然。"大悲梵钟"是松州八景之一。

● ● ● **杨楫舟**

清末松潘诗人。

雪山下观涪江源

杨楫舟

灵源莫谓小，来自雪山高。

一出江油道，奔流喧怒涛。

从此达沧海，穿山纳万流。

涪江千里水，别派衍梁州。

雪岭千峰拱，松崖半壁寒。

碧泉纷照影，簇簇好林峦。

大石扼江水，水鸣越其背。

浪花圆似珠，万斛一时溃。

灵境无人争，清浪信自美。

山中有寒鸦，飞来一饮水。

雪栏山[1]

杨楫舟

山有关兮关有栏，百里西来倚马看。
天降雪花滚滚白，缥缈晶莹山一色。
纷开千朵玉芙蓉，雪栏关雪隆之冬。
万仞银峦接天表，鹤飞不到羽衣渺。
谁捣琼瑶散玉砂，装点边关增丽华。
我更欲借青天月，光照雪山合成璧。
长剑一铗酒一瓯，凭栏高作凌云游。
更与山灵旧有约，踏遍雪栏山上雪。
谙悉形势好筹边，我今一游名可传。

注

[1] 雪栏山：位于松潘县东三十里，今称雪山梁。山势蟠蜿，俗呼宝鼎山，一名崆峒山，又名雪岭。明代在此设立雪栏关，终岁积雪如银，一白无际。其"雪栏霁色"为松州八景之一。

雪宝顶

杨楫舟

大雪飞满天，千峰昂白首。

边徼[1]古无春，经冬寒尤陡。

岁暮[2]惊客心，游子离乡久。

今日赋归来，不辞雪中走。

未审路崎岖，匝地[3]尽琼玖[4]。

坚冰溜崖际，寒飙吼山口。

征马冻不撕，仆夫战且抖。

青衫变缟素，少年瞬白叟。

十步九踣颠，鞭辔几落手。

目眵鼻涕垂，委顿形态丑。

路经夏公楼，邱墟[5]不复有。

悼惜筹边才，至今谁继后？

群山此最高，四顾皆培塿。

长年雪不消，秦汉积已厚。

胡儿不畏寒，暮笛奏山薮[6]。

诗情风雪中，吟苦音难剖。

勒马下银台[7]，三义[8]且饮酒。

注

[1] 边徼：边境。

[2] 岁暮：岁末，一年将终时。

[3] 匝地：遍地，满地。

[4] 琼玖：琼和玖，泛指美玉，比喻冰雪。

[5] 邱墟：废墟，荒地。

[6] 山薮：山深林密的地方。

[7] 银台：传说中王母所居处。

[8] 乂（yì）：治理，安定。

松州西崇山

雪 山

杨楫舟

石径三乂[1]野店开，崎岖历尽暂徘徊。
莫惊足下云烟重，我自雪山顶上来。

注

[1] 乂（yì）：治理，安定。

雪山村寨

重游黄龙寺拟古[1]

杨楫舟

五年不到雪山东，风景依稀入梦中。

重理吟鞍出城阙，雪霁山明刚六月。

龙蜒数峰浓于染，涪源一曲何清浅。

长松夹岸碧笼烟，山桃结实红可怜。

峰暧涧隔疑无路，前有仙桥迎我渡。

寺经黑虎追旧踪，山光仍是昔年浓。

悬岩犹有秦汉雪，道旁密林际天碧。

云开忽现宝楼阁，此是黄龙修真屋。

自昔真人跨鹤游，只余山水空悠悠。

五色仙池照眼来，水光滉漾金银台。

我闻怀珠川自媚，此中恐有鲛人泪。

又闻昆仑五色池，列仙掬水煎琼芝。

我今须鬓湿寒绿，欲借灵泉洗凡骨。

蜀山自昔夸峨眉，以此方之未足奇。

吁嗟哉！

山川显晦亦有缘，不遇高人名不传。

君不见兰亭修禊春如海，右军[2]一游便千载。

又不见柳子作记马退山[3]，茅亭一石播人间。

自古文章能华国，布之山水便生色。

如何此山名不垂，白云长对寂尔为。

空伤松柏迎天刺，销尽凌云无限志。

萋萋芳草怨夕晖，试问王生归不归。

春去秋来暮复朝，水自无情山自遥。

我来此处空悲吊，飒飒风声如长啸。

—— 注

[1] 黄龙寺：在松潘县东七十里黄龙景区内，明兵使马朝觐建，亦名雪山寺。相传黄龙真人养道于此，故名。有前、中、后三寺，殿阁相望，各距五里，现仅有后寺保存。拟古：诗文仿效古人的风格形式。

[2] 右军：指东晋书法家王羲之，因官至右军将军，人称"王右军"。

[3] 马退山：在今广西南宁市北十五里。唐柳宗元《邕州柳中丞作马退茅亭记》："是山崒然起于莽苍之中，驰奔云矗，亘数十百里。"

清 133

吴嘉谟

（1861—1931），派名永文，号树猷，一号蜀尤、行一，资州直隶州井研县东十里丞相场中堂井人（今属乐山市），光绪二十九年（1903年）进士，善谋划，富学问，为赵尔丰度支部（财政部）主事。民国初年担任炉边宣慰使，后当选为国会议员。任四川巡按使署秘书长，后以年届古稀，还乡归隐，自号半农山人。

雪山天下高

吴嘉谟

雪山高兮不可攀，一峰矗起云汉间。

相隔昆仑路千里，崔巍仗此控百蛮。

在昔蚕丛开巉嶻[1]，贩竖钩梯通剑栈。

窅窱[2]峥嵘者山灵，竟而东西南北限。

迩[3]有居人批茅茨，石睁苔发森鬓髯[4]。

魄褫[5]魂悸心胆裂，匍匐犹在山之涯。

十步九折惊险绝，乃如天柱撑西陲。

雪山形式略如此，斑驳陆离尤可纪。

百波九道汇旁流，伸臂遥掬金沙水。

羊膊铁豹咫尺间，玉垒青城相表里。

高瞰九顶出层空，下眄[6]九州如黑子。

是山古称天下高，参井手摘地不毛。

山魈木魅昏月光，夜深雨啸悽风号。

时若晨光鷄鸟[7]灿，夷碉番碉白石烂。

玉笋照耀迎朝华，玲珑挺出插天半。

当夏暑气常阴森，惊沙拂起飞满岑。

触石砰磕[8]似雨雹，列缺鞭施蛟龙吟。

君不见雪山之高高无颠，

横亘东北森参天。

雀□高飞不得至，猱猓[9]上跻愁攀援。

又不见雪山之雪飞六月，

因方成珪圆成璧。

天宫幻作水晶宫，琪树瑶花一色白。

皓鹤夺鲜窜林隅，白鹇[10]失素秃若鸟。

银潢下驶空色相，高哉雪山诚危乎。

昔闻逴[11]卒逴[12]戈壁，祁连山下夜传檄。

瀚海阑干百丈冰，趾隳[13]肤裂沦沙砾。

抚兹危绝尤惘然，不独战骨埋幽燕。

我闻白雪三城戍，千载而下孰筹边。

噫嘻乎！

蜀江清兮，蜀山寒；

蜀山高兮，蜀道难。

泰山一登天下小，

不知泰山例此犹弹丸。

————————●注

[1] 巉嶃（jiǎn chǎn）：通作寒产，指思绪郁结，不顺畅。形容高而盘曲，艰难困顿。

[2] 窞（dàn）：深坑。孵（fù）：鸟孵卵。

[3] 迩（ěr）：近。

[4] 鬛鬅（pī ér）：猛兽怒而鬃毛奋张貌。

[5] 魄褫（pò chǐ）：夺去魂魄。

[6] 眄（miǎn）：斜视，斜着眼睛看。

[7] 鵕（jùn）鸟：传说中的鸟名，出自《山海经·西山经》。

〔8〕砑礚（kē）：象声词。

〔9〕猱玃（náo jué）：泛指猿猴。

〔10〕白鹇（xián）：鸟名。又称银雉。雄鸟的冠及下体纯蓝黑色，上体及两翼白色，故名。

〔11〕遁：古人在泥路上行走所乘的东西。

〔12〕遄（chuán）：快，急速。

〔13〕隳（huī）：毁坏、损毁。

叶惠三

（1872—1972），灌县（今都江堰市）陈家巷人，著名学者、诗人，清秀才。博通经史，知兵事，善诗文，壮年又精于医术，被誉为"儒医"。1953 年被聘为四川省文史馆馆员。

雪宝顶

叶惠三

匹马西来欲度关，晴岚涌雪霁山颜。

险当肘腋咽喉处，景在晶莹缥缈间。

一将丸泥[1]封绝塞，三边管钥[2]镇群蛮。

不须觱篥[3]吹寒夜，天遣征人百战还。

注

[1] 丸泥：一粒泥丸，用为守险拒敌的典实。

[2] 管钥：锁匙，比喻事物的重要部分。

[3] 觱篥（bì lì）：古代的一种管乐器，形似喇叭，以芦苇作嘴，以竹作管，吹出的声音悲凄。

风洞山

叶惠三

重关险要扼松州，飒飒风声洞口秋。

雄比大王常啸虎，仙无老子孰骑牛。

如传铁马金戈警，直扫蛮烟瘴雨愁。

三寒夷巢吹不破，筹边待筑李公楼[1]。

―――――注

[1] 李公楼：这里指唐文宗太和三年（829年），时任剑南西川节度使李德裕到松潘筹边，在松潘内城西山岷江二级台地山崖半山腰修建的七层楼。其为重檐悬山和歇山式样结合的全木结构摩崖悬空吊脚层楼。楼顶与悬崖顶部的大悲寺相接。西边紧贴悬崖，东边凌空吊脚。技艺超绝，远眺甚是壮观。楼中原有李德裕绘制的西山边防图，道教笔画，并且由笔画过渡为浅浮雕、深浮雕和悬空泥塑。此山崖亦被百姓称为卫崖或卫岩。

羊膊岭[1]

叶惠三

叱石起牂羊[2]，山高卷大荒。
岭犹撑似膊，路更小于肠。
羯雨嗥魑魅[3]，膻风走虎狼。
下临星宿海[4]，江水发源长。

注

[1] 羊膊岭：亦名大分水岭，在今四川松潘县西北二百四十里，为岷山支脉，岷江西支发源于此。古人以岷江为长江的主源，因而有长江发源于此岭的说法。

[2] 这里化用了叱石成羊的典故，意思是指神奇的事情。出自顾云《上右司袁郎中启》："某闻仙翁逞术，叱石为羊；方士呈能，结巾成兔。"牂（zāng）羊：母羊。

[3] 魑魅（chī mèi）：古代神话传说中的山神，也指山林中害人的鬼怪。

[4] 星宿海：在今青海省果洛藏族自治州玛多县，东与扎陵湖相邻，西与黄河源流玛曲相接。古人以之为黄河的源头。

玻璃泉[1]

叶惠三

漳腊城东一穴泉，蒸蒸气出化冰坚。

水光绿透玻璃薄，要照西陲半角天。

石泉倾注碧涟漪，冬夏温凉各应时。

照出岷山真面目，水光如镜漾玻璃。

---注

[1] 玻璃泉：在松潘县北四十里漳腊城附近。传说该泉平地涌出一百八十个孔。此泉冬温夏凉，清澈可鉴，绕漳腊城入江。

大悲寺

叶惠三

西南城角大悲寺，景泰年间崇化僧。
庙祝不通山鸟语，殿楹都变海龙腾[1]。
犹留钉迹夸神异，更铸钟声扣上乘。
莫怪人间难悟彻，错疑方士语无凭。

<hr>

注

[1] 明朝景泰年间，禅师智中重修大悲寺。传说智中夙通鸟语，某一日忽闻詹雀呼曰"麻和尚，龙走矣"，智中赶紧出来查看，发现殿柱上的雕龙飞舞摇动，而下边的水已涨上台阶，便赶紧钉其龙爪，水遂退。

张 迥

或作张回，清末犍为诗人。

雪宝顶

张 迥

城楼东望白漫漫，积雪满山增岁寒。
最是晴明天更好，倒摇银海出云端。

雪宝顶

风洞山

张　迥

石壁嶙峋傍戍楼，往来人断午风秋。

我闻天地为炉冶，橐籥[1]还疑在此州。

————注

[1] 橐籥（tuó yuè）：亦作橐爚，是古代冶炼时用以鼓风吹火的装置。

金蓬山

张　迥

一抹斜阳上晚山，隔城东望暮斑斑。
金蓬酋冢荒秋草，不死宁能让汉关！

炉　峰

张　迥

轻烟矗上与云齐，远托扶桑日影低。
一阵山风吹卷去，玉炉依旧镇羌西。

映月桥

张　迥

碧潭浩渺万缘空，水面初看月影红。
擎出夜明珠一颗，应疑深处是龙宫。

通远桥

张　迥

桥通远道水潺潺，路接松城任往还。
三月雪消风浪阔，始知春入万重山。

赤松观

张　迥

劫火烧残观几回，独留根本不成灰。
赤松能语千年事，欲把兴亡问去来。

王建棠

清末南溪（今宜宾市南溪区）诗人。

风洞山

王建棠

苍鸾玄鹤识行旌，洞壑深穿暗复明。

香碗诗囊几人迹，晴松雨竹半秋声。

莫惊边塞黄沙起，好趁山原秀麦成。

除却阴严悬壁外，依然天际晚风清。

松州城楼

大悲寺

王建棠

雪山人去一声钟，知在遥峰第几重。

漫欲边关传警信，却输猿鹤识仙踪。

百年兵燹犹留迹，满殿烟云欲化龙。

莫道老僧常近佛，由来觉道自尘封。

大悲寺

● ● ● 徐翁篪 ————————————————
清末彭县诗人。

雪 山

徐翁篪

采药西来历几程，天风吹送玉山行。
雪莲万朵齐开后，要与拈花谒太清。

松州雪山

●●● **徐 湘** ────────────────────────────────

字经澄，又字镜岑、镜澄、劲岑、荆船、竞存，四川温江县（今成都
市温江区）人，清末举人，截取知县。民国五年（1916 年），受松潘
县知事张典延请，总事纂辑《松潘县志》，历时五载，方得成书，于民
国十三年（1924 年）刊刻印行。

雪山（其一）

徐 湘

雪山高矗出云端，万里迎风六月寒。

瑶树琪花装世界，衡峰嵩岳比弹丸。

凭空宜若登天易，退步还疑到地难。

料有玉虚[1]仙子在，好为刊刻白阑干。

──────── **注**

[1]玉虚：仙宫，道教称玉帝的居处。喻洁净超凡的境界。

雪山（其二）

徐 湘

岩嶤[1]势无穷，精莹凝太空。

高凌[2]世界外，寒冱[3]群山中。

不著青碧色，应有琼瑶宫。

莫羡玉门关，无由度春风。

——注

[1] 岩嶤（tiáo yáo）：高峻，高耸，亦形容绵长。

[2] 凌：通"凌"。

[3] 寒冱（hù）：严寒冻结，极寒。

雪山下的村寨

黄　龙

徐　湘

是谁创凿黄龙洞，为问黄龙几日飞。
五彩池亭空入画，万株松柏已成围。
莲开雪瓣寻仙种，石滴天浆悟道机。
欲向赤峰穷绝顶，不堪回首又斜晖。

黄龙五彩池

兰花山[1]

徐 湘

山色重重抱，香风昔昔来。
是谁布兰种，遍地名花开。
异香出天外，余芳傍崖隈。
胡为此邦人，英贤污草莱。
仲尼操猗兰[2]，感伤在幽谷。
空负王者香，生质遭屈伏。
竞媚嗤桃李，孤芳胜松竹。
安得移灵根，一为奉当轴。

——————注

[1] 兰花山：位于松潘县东一百八十里，小河城东南隅。春时兰花遍岭，香闻十余里，故名。

[2] 操猗兰：即《猗兰操》，亦曰《幽兰操》，古琴曲。最早相传是孔子所作，琴曲似诉似泣，如怨如愤，把孔子当时当刻的内心世界抒发得淋漓尽致，在兰的身上寄托了自己全部的思想感情，是一首优美的兰诗，也是一首幽怨悱恻的抒情曲。

弓杠岭[1]

徐　湘

蜀山岂不高，至此乃云极。

突起若弓杠，凌空势奇特。

四面余低平，诸番惯行息。

前路达甘凉，万里云沙黑。

———————注

[1] 弓杠岭：亦作贡嘎岭，又名小分水岭，在松潘县北一百里，为岷江东支发源处，是连接松潘和南坪（今九寨沟县）的要道。

松州即景（节选）

徐 湘

远稽岷水到玻璃，百道泉流合众支。
地僻已当天缺处，秋寒又届雪飞时。
岭循白马犹征信，寺奉黄龙尚阙疑。
逝者如斯川上望，禹功谁为刻残碑。

西岷山

徐　湘

岷山西导江，形胜详《禹贡》。

发迹肇羊膊，千里互迎送。

拔地千重霄，远势连弓杠。

磅薄踞松州，孤骞^[1]轶其众。

———————注

[1] 孤骞：独自飞翔。

羊膊岭

徐 湘

峻岭传徼外，突起见崔嵬。
岷江依麓行，终古无移改。
远接昆仑峰，下视星宿海。
水源借先道，禹功竟千载。

骨石崖

徐 湘

石为地之骨，骨胡以石名。
终古无草木，惟见势峥嵘。
雪盛黄蕊发，不与莲花争。
番人号神山，朝拜相送迎。

永 泉[1]

徐 湘

采药东山下，崖壁峙如脊。

灵苗一无有，甘泉胜琼液。

路人为我语，李君[2]此凿石。

试为掬手饮，块磊已如劐[3]。

------ 注

[1] 永泉：在松潘县东金蓬山下。相传明时都督李安以剑斫石而得
水，该泉清冽甘芳，因题曰"永泉"。建亭其上，乡民常汲以疗病。现
该泉尚存，永泉亭已不存。其为松潘"四大名泉之一"。

[2] 李君：只在此以剑斫石而得水的都督李安，于明英宗正统三年
（1438 年）充任总兵官征调松潘。

[3] 劐（huō）：破裂声。

马蹄泉[1]

徐 湘

循行照屏下，仿佛印马蹄。
马蹄却不见，惟听泉流谿[2]。
隐显既莫测，樵牧谙东西。
直待暝烟起，归途伤凄迷。

注

[1] 马蹄泉：在松潘城南照屏山后。泉穴似马蹄，大亦如之。民间传说该泉隐见无定所，樵牧者偶一见，汲饮不竭；有意寻觅，反迷其处。

[2] 谿（xī）：同"溪"。

珍珠泉[1]

徐　湘

天下奇妙景，莫如此灵泉。

行人不敢声，时有珍珠溅。

人语珠喷渍，语罢珠恬然。

清莹试一鉴，当有蛟螭[2]眠。

———————注

[1] 珍珠泉：又名翻花池，今称转花池，位于松潘县东七十里黄龙寺后。人语则泉底沸涌，高出水面，如珠连缀，故名。

[2] 蛟螭（chī）：蛟龙。

玻璃泉

徐　湘

城北四十里，山麓多石笋。

有泉如玻璃，常自石中涌。

冬温而夏凉，严寒蒸气拥。

造化莫可名，欲鉴开函捧。

松潘八景

徐　湘

古桥春涨[1]

小阅步城东，官桥番路通。
山危支怪石，江远送长虹。
急浪溜华雪，梯杨迎晓风。
莫谓来源细，敷利尽寰中。

炉峰晓烟[2]

大造真如炉，铸石秀且整。
每值晴明晨，烟簇幻清景。
爨火[3]逗林角，梵钟响西岭。
一缕直云中，已成天柱影。

金蓬晚照[4]

金蓬本羌酋，曾此聚余族。
只今遗冢在，苍苔篆山麓。
古今谁英雄，时世迭往复。
夕阳隐西山，残晖挂林木。

龙潭映月[5]

龙卧[6]久不起，离乱谁为戡。

长留太古月，亭亭照幽潭。

万籁此俱静，群峰相对参。

何时现骊珠[7]，一任游人探。

大悲梵钟[8]

古梵岂灵境，间时留异踪。

能言住瓦雀，活爪嵌盘龙。

直烟望远鼎，皑雪连高峰。

可惜边警告，路遥不闻钟。

赤松古迹[9]

赤松古仙子，不详何姓名。

相传数珠树，侬观盘郁生。

年代改秦汉，奇离存蜀岷。

谁氏薄帝师，往访游太清。

风洞秋声[10]

大风何方来，无起亦无止。

雄关值山春，古洞当崖里。

绝无归鸟飞，应有啸虎起。

寄语行路人，日午须早已。

雪栏霁色[11]

雄关直山半，雪积无路通。
万象一览尽，白云相与笼。
雨余银笋出，烟划玉庐空。
昂首卓天外，当有西王宫。

八景总咏

为探名胜陟[12]松城，通远桥头水涨生。
晓望雪栏添霁色，夜闻风洞作秋声。
峰如玉鼎朝烟蠹，冢记金蓬晚照明。
何事赤松觅西母，静歆潭水听钟鸣。

山泉总咏

羊膊蛇行岷岭横，兰花香处听钟声。
泉因济世中常热，山不依人骨自撑。
只有玻璃能映雪，岂惟弓杠碍行程。
平生不羡珍珠美，惟爱城南马迹轻。

注

[1] 古桥春涨：松潘县城东门外，有通远桥横跨岷江。清光绪二十九年（1903年），同知黄汝楫募赀重建。跨岷江上游，每届雪消，虽水势汪洋，但清澈见底。称"古桥春涨"。

[2] 炉峰晓烟：炉峰，位于松潘城南一里，山峰对峙，形如炉鼎。每当清明晨晓，便有青烟自峰顶直上。称"炉峰晓烟"。

[3]爨（cuàn）火：灶膛里的火。爨：灶。

[4]金莲晚照：金莲山，位于县东五里，与县城西岷顶对峙，形势巍峨，气脉绵远，为东南要隘。入夏，青翠欲滴。薄暮，诸峰暗淡，此山余晖犹映，称"金莲晚照"。此山因昔日羌人首领金莲居此，遗冢尚存，故名。

[5]龙潭映月：松潘县城南，有映月桥横跨岷江。民国四年（1915年），松潘县知事余家骧、统领张孝著捐赀并劝募重建。桥下有潭，深莫测。夜静江澄，月圆如珠。称"龙潭映月"。

[6]卧：同"卧"。

[7]骊珠：宝珠。

[8]大悲梵钟：松潘城西崇山上，建有大悲寺。初于唐天宝间僧智广建。明洪武二十六年（1393年），僧宝玉再建。正统十年（1445年），敕颁佛经，置藏经阁。景泰时，禅师智中重修。后一方士为寺铸钟，既成，嘱曰："我去十日，方可扣，其声可备边警，勿急也。"僧恐为所欺，去日即扣。方士仅行抵雪山，闻声叹曰："钟声仅及此耳。"后果然。

[9]赤松古迹：赤松观，建于松潘城东南隅。明洪武时，钱塘羽士顾道升始就地筑观，诣蜀献王请额。恰逢荆南道士刘虚舟在王府进赤松子画像及诚经，见顾道升至，蜀王题其请，命教授张景辰隶"古赤松观"四字及刘虚舟所进经像以归。后顾道升复筑玉皇阁。咸丰庚申年间，松潘发生变乱，城破被毁。

[10]风洞秋声：风洞关，在松潘城东五十里。有洞深不可测，多恶风，午辄大作，作则灰沙蔽天，人马皆辟易。寒气袭人，触之多横死，否则喘息旬日。每至秋，飒飒风声自洞中涌出，称"风洞秋声"。

[11]雪栏霁色：雪栏山，位于松潘县东三十里。山势蟠蜿，俗呼宝鼎山，一名崆峒山，又名雪岭。岭上旧有关，终岁积雪如银，一白无际。

[12]陟（zhì）：登高，上升。

岷山赋

徐　湘

浮云万叠，佳木千春。

圣贤里域，仙佛缘因。

仰维[1]胜迹，古记二岷。

岷夹崇山，低界突起。

体象月弦，势如石几。

青龙东环，白虎西峙。

后倚金刀，前横塔子。

四固苍峦，一湾白水。

尔其远接临洮，近宗羊膊[2]。

连隋高撑，郎多上廓。

骨石[3]盘云，红崖[4]产药。

羊角扶摇，马鞍踊跃。

谷粟送迎，胡芦联络。

屯结火烧[5]，气钟龙涵。

若夫冈出分陇，弓杠连甘[6]。

岭能走马，陵不浴蚕。

赤翘火焰，白拥雪莲。

金蓬附属[7]，玉垒中参[8]。

七盘倚北[9]，九顶横南[10]。

锦屏日落，石镜烟含。

至于西天右臂，毛耳外罗。

秀连笔架，高挹峨和。

红花遍岭，白土盈坡。

马头雄立，熊耳斜拖。

青城列障，赤岸成阿。

野狐有峡，飞凤无巢。

黎崍迤逦，蒙蔡嵯峨。

一坊金马，七顷烟螺。

其余娘子浴头，巨人竦骨。

须弥圣灯，龙泉神窟。

蛇浴开途，雁门列阙。

剑阁千仞，巴山万笏。

巫峡朝云，峨眉秋月。

系在余支，零如毫发。

回忆昆仑肇脉，溢乐发踪。

二千差里，卅六作峰。

女几基枕，衡阳当冲。

夑崖内锁，敷浅率从。

势陵华夏，气肃春冬。

瑞钟白鹿，灵集黄龙。

所异圣哲间生，贤豪辈出。

神禹施功，道陵练术。

迹记赤松，真寻太壹。

杨雄草亭，苏轼书室。

白玉多才，青莲有笔。

君平垂帘，老子委质。

维岷之精，占井之吉。

下俯蓉城，沧海浴日。

————————注

[1] 仰维：向上恭敬。

[2] 羊膊：指羊膊岭，松潘县西北二百四十里，为岷山支脉。岷江西支发源于此。

[3] 骨石：指骨石崖。

[4] 红崖：指红崖关。

[5] 火烧：指火烧屯，在今松潘县十里乡火烧屯。

[6] 弓杠：指弓杠岭，在今松潘以北。

[7] 金蓬：指金蓬山，在今松潘城东。

[8] 玉垒：指玉垒山。

[9] 七盘：指七盘沟，在今汶川县。

[10] 九顶：指九鼎山，在今茂县。

江源赋

徐　湘

伊大江之奔逝兮，赴巨海而不回。

翻浪花而驰电兮，掀石块而震雷。

始湍激以广纳兮，继澎湃以相摧。

乍信其地中涌兮，又疑为天上飞来。

试为溯其源穷其腹。

并驾黄河，亦称巨浸。

女几山之阳，斜尔坤之麓，

铁豹岭之舆，羊膊石之谷。

出泉则众涧皆趋，分水则一手可掬。

如星布于敖敦[1]，如瓴建于高屋，

如天外之翻瓢，如云中之飞瀑，

如群龙之奔临，如万马之追逐，

如车辙之就途，如机丝之在轴。

络井[2]度参，会昌建福。

其始滥觞，近北极卅三度；

其继顺轨，计流域五千筹。

浪架岭为蓄势，喇哈纳为上游。

天彭甘松经其道，牟尼羊角纳其湫[3]。

或合以东胜水，或注以云昌沟。

或归化北定三水均集，或长宁小姓黑翼并投。

或魏门关[4]而左右受，或茂县界而东西收。

或经草坡而龙潭天赦沙派往汇，或逾娘子而纳凹慈姥白沙同流。

乃遂析于二千年之离堆灌口，而普溉夫十四县之天府平畴。

他如左翼惟沱涓之殊，右翼有雅泸之异。

嘉陵张其北流，澜沧为其南臂。

涪渠皆属细支，黔彭有如列侍。

襄汉会于鄂中，湘沅带于楚地。

渐大汇夫浔淞，更远容夫淮泗。

湖泽视若赘旒[5]，徐扬特其别帜。

终出崇明之辰方[6]，遥应松州之戌位[7]。

窃忆神禹敷土，后稷效庸。

先谋水利，卒无病农。

始原潘噶，继及漳松。

雪资流液，泉列朝宗。

岭不寻乎白马，舟乃负以黄龙。

鳖灵蒙其余利，李冰继其芳踪。

郭景纯第为扬榷，郦道元详为折冲。

莫不远仰玉垒，而上寻雪峰。

彼有徒以水流长短，遂定江源趋附。

不明《禹贡》经文，又昧《水经》疏注。

以鸦砻江[8]由外徼，认打冲河为正路。

乃妄尊夫金沙，且杂混夫大渡。

元可汗已失钩稽，清仁皇更滋谬误。

徐宏祖虽袭其说，张邦伸特明其故。

非只地脉之远差，亦忘人民之急务。

是以粗按之新图，而详为之拟赋。

注

[1] 敖敦：蒙语，指星星、明星。

[2] 络井：即井络，井宿的分野，专指岷山。

［3］湫（qiū）：水池。

［4］魏门关：即渭门关，在今茂县渭门镇。

［5］赘：连缀。旒：旌旗上的飘带。

［6］辰方：东南方。

［7］戌位：西北方。

［8］鸦砻江：雅砻江，古名若水，亦称泸水，俗称打冲河、小金沙江。

筹松赋并序（节选）

徐 湘

　　子云、太冲赋蜀都，物类备矣，而不及时务。心向慕之，久欲扩充。兹抚松邑形胜，不惜才薄，聊步后尘，以供当事之鉴焉。

维西蜀之创域，始人皇之辟疆。

经宿上联参井[1]，世居半集氐羌。

松州势丁要隘，《禹贡》服列绥荒。

守卫近资龙茂，交通远接秦凉。

人民习安，土著兵勇，夙称刚强。

欲枭桀之悉化，须控驭之有方。

观夫岷岭西环，雪山东峙。

面逼金蓬，下凭玉垒。

据漳腊则压伏百蛮，出黄胜则游牧千里。

兰花则香遍崖间，火焰则峰出云里。

骨石弓杠为险途，黄龙朝阳皆仙址。

虽深入乎夷巢，实式临乎江水。

至于大江肇源，羊膊支流，并纳小河。

上划二岭之分水，左荡九道之白波。

涪涨乃近连建始，安戎亦外接蓬婆。

龙潭交映夫秋月，马蹄隐涸[2]夫苔窠。

玻璃之温凉可爱，珍珠之溅沸非讹。

文武试李安之剑，阔流回党项之戈。

其为产也，围蔬以芹韭蒜葱，农业以芋荞菽麦。

养生有芝菌胡麻，采料惟苍松翠柏。

金银藏山，雄硫磐石。

药重参耆，食资酥液。

劚[3]药盈千，摘花累百。

青稞为晋获之粮，红稻仅数仓之积。

其为货也，贩载牛乳羊乳，服用狨皮狐皮。

土狗野貂非异，鹿茸麝獐为奇。

家畜追风之马，牧牵卧雪之牦。

美饰以毛毡绣毯，佐食以野雉山麇。

虫草乃老人之宝，雪莲原孕妇所宜。

猎兽俟九秋之令，行商须六月之时。

惟是地处边陲，人严武备。

汉族习文，骁夷肆志。

筹边劳宰相之谋，树戟崇将军之位。

唐宋犹重视羁縻，明清乃大为创治。

西土番帖耳甘奴，大小姓洗心就义。

一百零寨均范以土司，五万余人始安于乐地。

若夫飞空走旷，水族昆虫，金名异物，亦禀化工。

《尔雅》虽详品类，《山经》莫辨雌雄。

牲畜只供宰割，鹰鹊无取樊笼。

犹征风俗醇厚，内外和同。

无机智之相尚，无奢靡之是从。

---------- 注

[1] 参井：参星和井星，位在西南方。

[2] 溷（hùn）：混。

[3] 劚（zhú）：大锄挖，砍。

●●● 罗骏声 ——————————————————————————

(1873—1950)，派名万纶，榜骏声，字德舆，号伯济。晚以"静远"
命斋，故别号"静远"。灌县崇义乡（今都江堰市崇义镇）人，成都锦
江书院肄业，寻补廪膳生。以教书终其身，先后在灌县高等小学、成
都城南小学、成都府中学堂、四川大学等任教 40 余年。晚年主编《灌
县志》，著有《说文部首训诂》《国学管窥集》《雄风集》《北征集》《青
城集》《春秋释义》《中国法制史》《教育箴言》《静远斋文钞》《静远斋
诗钞》《静远斋骈文钞》等。

雪宝顶

罗骏声

晴空森玉笋，瘦劲插天根。
倘毓中原秀，应居五岳尊。

兰花山^[1]

罗骏声

兰生不择土，嘉卉^[2]逊其芳。
要涤腥膻气，天然此国香。

------注

[1] 兰花山：在今松潘县小河城东南。

[2] 嘉卉：美好的花草树木。

骨石崖

罗骏声

露骨见奇秀，黄花相与秋。
山灵应绝俗，佳色满松州。

永　泉

罗骏声

刺刀出飞泉，兵气激雷电。
一勺俪前踪，羌戎应服汉。

西岷山

罗骏声

群山环拱卫，罗列如儿孙。
突兀西岷秀，昆仑嫡派尊。

弓杠岭

罗骏声

蜀山高不极，此岭欲摩天。
安得寻河使，西来速靖边。

钟坠山

罗骏声

山崩钟乃应，千里发奇响。
何时突飞来，震动边城上。

羊膊岭

罗骏声

徼外特雄秀，江源第一峰。
锦城东望远，隐见碧芙蓉。

马蹄泉

罗骏声

征人入异乡，饮马长城窟。
泉在有无间，恐寒伤马骨。

珍珠泉

罗骏声

含珠川益媚，水性且怀宝。
此勺不藏珠，沫喷满地皓。

玻璃泉

罗骏声

在山常觉清，鉴影独分明。
冬夏殊寒燠，名泉不世情。

●●●蒙春辉

（? —1917），松潘人，字煦斋，别号卧龙山人，清代岁贡。性豪迈，能文善画，工行书、精隶篆。光绪三十一年（1905 年）主讲岷山书院，创办城乡高等初小学数十所。

黄 龙

蒙春辉

山溪澎湃欲喧天，流入池中色色鲜。
漾出丹青谁点缀，滴来苍翠更芳研。
汉歌夷舞分还合，蜒雨蛮烟断复连。
好景留人归不得，一声疏磬到林边。

我与名山有夙缘，芒鞋草履亦天然。
清池偶饮甘如醴，古洞同游步欲仙。
白雪生莲根蒂固，青钱掷水浪花圆。
斜阳野寺钟声杳，惟问黄龙何处眠。

清溪旷代自谁传，惹得诗人兴欲颠。
揽辔观池随曲迳，振衣入洞冒飞泉。
神龙出海应何日，冰雪成晶不计年。
僧侣相逢聊小住，试将幽意暂逃禅。

●●● 汤德谦
清末松潘诗人。

吟黄龙

汤德谦

闲身又得入禅林，松柏连山曲迳阴。

望去一番风景丽，分来五色水源深。

特开多福娜嬛[1]境，为涤无聊尘垢心。

仰识仙踪频指点，天青云白此中寻。

飞来玉嶂叠茏葱，雪岭晶寒峙碧空。

谷口云霞香绚烂，洞中泉石倍玲珑。

天开图画芳池里，水漾玻璃夕照中。

一夜羌歌声唱和，不知初日已瞳瞳。

注

[1] 娜嬛（láng huán）：仙境，相传为天帝的藏书处。

永 泉

汤德谦

凿破危崖剑有神，飞泉漏泄一山春。
至今掬饮犹疗病，都督恩波永济人。

黄龙寺

汤德谦

话到名山兴便赊，禅林深处避繁华。

草幽树密行踪少，路转峰回望眼遮。

古洞飞浆溶石乳，清泉滴水煮松花。

无端风雨添秋景，权卧僧房作故家。

攀崖踏涧越林陬[1]，古寺黄龙六月游。

活水同源分五色，层峦积雪峙千秋。

洞中绣佛金沙细，桥畔迎仙碧树幽。

尘俗有时能摆脱，清修长此占灵邱。

注

[1] 陬（zōu）：角落；山脚。

●●● 马尧安 ────────────────────────

清末松潘诗人，著有《黄龙寺述览》。

吟黄龙

马尧安

十三年后又重来，快览前题笑口开。
仅有烟霞供啸傲，不须海外觅蓬莱。

锦鞍布帐共盘桓，世外林峦次第看。
为访真人仙去处，老僧指点白云间。

曲沼芳池宛转通，灵泉疏凿仗神功。
如何一样源头水，五色分流各不同。

古柏苍松石径斜，马前频采雪莲花。
羌歌唱和蛮娘舞，声教何曾被汉家。

话到游仙兴亦豪，梵钟声彻五云高。
行行小住长松下，风撼平林作怒涛。

踏遍山峦又水浔[1]，不烦丝竹得清音。
回头指点经行处，从此仙寰路渐深。

暮山倒影入芳塘，碧漾玻璃碎水光。
览胜浑忘天欲暝，晚来风露湿衣裳。

爱游禅境宿禅房，随坐随行谒上方。

小憩僧寮谈道久，绿纱窗外挂斜阳。

拔地干霄一岭崇，万山傍列若奚僮[2]。

四时常积峰头雪，亘古晶莹夕阳中。

山穴云关路可通，伛偻深入烛摇红。

天浆滴就玲珑石，信是如来色相空。

———————注

[1] 水浔（xún）：水边。

[2] 奚僮：未成年的男仆。

颂夏毓秀德政诗[1]

马尧安

十年仁爱十年春，上将星晖照蜀岷。

勘乱雄才功卓著，迎人善气炙相亲。

独钟滇水声名洁，况是庐山面目真。

庠序[2]诸生歌咏集，投壶犹见祭公身。

离情已付碧云隈，畴料旌麾去复来。

幕府两迎新节钺，仁风重拂旧楼台。

威扬草塞名应勒，氛靖岩疆毂许推。

旋报荣膺专阃任[3]，提封千里阵图开。

注

[1] 夏毓秀（？—1910），字琅溪，云南昆明人，清朝将领。光绪七年（1881年），署松潘镇总兵，到任后实心图治，百废俱举，振兴文教。在松潘任职十余年，为人谦逊和平，从未以显贵傲物，布衣蔬食，生活俭朴，深受当地百姓爱戴。

[2] 庠（xiáng）序：泛指学校。殷代叫庠，周代叫序。

[3] 阃（kǔn）任：镇守一方的将帅的职任。

●●● 杨树芬

名光荣,榜名树芬,字仲香,邑廪生。清代松潘小河营人。性孝友,博雅工诗。清朝末年,松潘提督夏毓秀聘就戎幕,以母亲年老辞归。晚年无意仕进,筑室藏书,诱掖后进,以诗酒自娱。著有《翠微山房集》。

仙 池[1]

杨树芬

秋水为神便为仙,深宵更觉月婵娟。

九天骨换光犹饮,一曲池清影自圆。

尘浣羽衣明不染,匣开菱镜象无边。

嫦娥折桂殷勤劝,照澈银河倍爽然。

注

[1]仙池:位于松潘县东一百八十里,小河城南关外。池深数丈,广亦如之。每值夜月澄空,无风自浪,遂以"仙"名。当地民众称之为"明月井"。其"仙池浣月"为涪阳八景之一。

翠屏山[1]

杨树芬

翡翠屏张草满坡，樵夫闲唱出烟萝[2]。

影随狭径临风细，声遏行云向晚多。

欲觅围棋窥胜负，权依密树任婆娑。

归来再整钟期[3]调，不觉前头已烂柯[4]。

————————注

[1] 翠屏山：位于松潘县东一百八十里，小河城东。包山为城，城上林木耸翠，拱卫如屏。夕阳西下，樵歌远出。其"翠屏樵歌"为涪阳八景之一。

[2] 烟萝：草树茂密，烟聚萝缠，谓之"烟萝"，借指幽居或修真之处。

[3] 钟期：即钟子期。《汉书·扬雄传下》："是故钟期死，伯牙绝弦破琴而不肯与众鼓。"

[4] 烂柯：指岁月流逝，人事变迁。南朝梁任昉《述异记》卷上："信安郡石室山，晋时王质伐木，至，见童子数人，棋而歌，质因听之。童子以一物与质，如枣核，质含之，不觉饥。俄顷，童子谓曰：'何不去？'质起，视斧柯烂尽，既归，无复时人。"后以"烂柯"谓岁月流逝，人事变迁。

石砚山[1]

杨树芬

石碛微洼类砚田[2]，江干横卧自年年。
谁遗荒徼文房宝，长结儒林翰墨缘。
半壁残烟供绘画，一湾流水助磨研。
倘能借得如椽笔[3]，写尽夷情好定边。

———— 注

[1] 石砚山：位于松潘县东一百八十里，小河城北。山麓一石横卧溪边，形如砚，故名。其"石砚临墨"为涪阳八景之一。

[2] 砚田：旧时读书人以文墨维持生计，因此把砚台叫作砚田。

[3] 如椽笔：典出《晋书·王珣传》："珣梦人以大笔如椽与之，既觉，语人云：'此当有大手笔事。'俄而帝崩，哀册谥议，皆珣所草。"后遂以"如椽笔"比喻笔力雄健。犹言大手笔。

笔架山[1]

杨树芬

笔架参差石案横，三峰耸峭自天成。

高连云汉[2]施工巧，俯认珊瑚落管轻。

毛颖[3]提封增辖地，巨灵[4]开凿待儒生。

虚台古砚长相伴，再向人间借管城[5]。

————————注

[1] 笔架山：位于松潘县东一百八十里，小河城东。三峰并出，形
同笔架。民国《松潘县志》载："此处人文蔚起，殆山岳钟灵欤。"其
"笔架秋霜"为涪阳八景之一。

[2] 云汉：天空连亘如带的星群。

[3] 毛颖：毛笔的别称。因唐代韩愈作寓言《毛颖传》以笔拟人，
而得此称。

[4] 巨灵：神话传说中劈开华山的河神。

[5] 管城子是典故名，典出《全唐文》卷五百六十七《韩愈二十一·
毛颖传》。韩愈曾写《毛颖传》，说毛笔被封在管城，叫"管城子"。后
成为毛笔的代称。亦称"管城君"等。

古松山[1]

杨树芬

雾散云开见元松，参天翠影自重重。
柯条[2]直向三霄[3]插，苍翠长留几树浓。
用世羽毛阴和鹤，护身鳞甲老成龙。
岁寒独抱冰霜节，不愿秦皇玉简[4]封。

──────── 注

　　[1] 古松山：位于松潘县东一百八十里，小河城西。山顶古松数
株，老干生姿，龙鳞皱叠，高插霄汉，经冬不摧，相传为唐宋时物。其
"伞顶雪松"为涪阳八景之一。

　　[2] 柯条：枝条。

　　[3] 三霄：三天。道教称清微天、禹馀天、大赤天为三天。这里指
高空。

　　[4] 玉简：帝王封禅、诏诰用的文书。

獐子山[1]

杨树芬

几曾食柏度山岗，暗里微闻麝散香。

春暖芝兰争吐气，风熏椒桂[2]尽含芳。

白茅半壁连高岫[3]，绿树千重灿夕阳。

好向此中寻隐豹[4]，休同象齿误文章。

------------ 注

[1] 獐子山：位于松潘县东一百八十里，小河城东南隅。兰生山上，两山层叠，秀出群峰。入春，麝馥兰芬，香满城郭。

[2] 椒桂：指椒实与桂皮，皆调味的香料。

[3] 岫（xiù）：山。

[4] 隐豹：典故名，典出《列女传》卷二《贤明传·陶荅子妻》。南山有一种黑色的豹，可以在连续七天的雾雨天气里不吃东西，只为长出花纹，躲避天敌。后以"隐豹"比喻爱惜其身，隐居伏处而有所不为。

西来寺[1]

杨树芬

萧寺[2]鸣钟晓色开，声声西透白云隈[3]。

乍听佛子[4]三生[5]悟，应醒痴人一梦回。

面壁有功难再定，留春无计忍相催。

世情逐逐如流水，好与山僧证果[6]来。

注

[1] 西来寺：位于松潘县东一百八十里，小河城内。每日清晨，梵钟声声，传遍古城，令人心静。其"萧寺晨钟"为涪阳八景之一。

[2] 萧寺：据传梁武帝萧衍造佛寺，命萧子云飞白大书曰"萧寺"，后世称佛寺为萧寺。常用以歌咏寺院、佛寺。

[3] 隈（wēi）：山、水等弯曲的地方。

[4] 佛子：受佛戒者，佛门弟子。

[5] 三生：佛教语，指前生、今生、来生。

[6] 证果：佛教语。谓佛教徒经过长期修行而悟入妙道，泛指修行得道。

●●● 汤次庵 ───────────────

清末松潘诗人。

兰花山

汤次庵

遍岭花如插,南陔[1]孝子循。

清香王者品,幽谷美人春。

羌女生男梦,番僧共佛因。

葳蕤繁九畹[2],分植小河滨。

───────── 注

[1] 南陔:先秦时代华夏族诗歌。

[2] 九畹（wǎn）:后世为兰花的典。

骨石崖

汤次庵

骨石叠琳琅，神山压虏疆。

雪堆秋后白，花簇壁间黄。

藤薜穿经络，冈峦竖脊梁。

晶莹嵌宝顶，莲瓣冷无香。

马蹄泉

汤次庵

马蹄飞过石崖穿，小穴深深注碧泉。

有意寻无无意有，能叩一饮是仙缘。

珍珠泉

汤次庵

人声偶震雪山泉，沸起珍珠累万千。
料有骊龙[1]眠水底，浮沤[2]都作夜光圆。

――――――注

[1] 骊龙：传说中的一种黑龙。

[2] 浮沤（ōu）：水上的浮泡。

● ● ● 朱品一 ——————————————

清末绵竹诗人。

炉　峰

朱品一

突兀炉峰峙远天，每看晴霁袅轻烟。

螺鬟[1]缥缈春云布，鸭鼎霏微[2]野火然。

拈出瓣香堪供佛，炼成丹药许飞仙。

山城咫尺晨炊后，缕缕清晖断复连。

————————— 注

[1] 鬟（huán）：妇女梳的环形的发髻。

[2] 霏微：形容雾气、细雨弥漫的样子。

●●● 刘　炯 ────────────────────────────

成都人，曾任资州知州，署成都府事，光绪年间主编《资州直隶州志》。

松州八景

刘　炯

古桥春涨

松州徼外[1]觉春回，江锁长桥霁色开。
列嶂[2]犹凝残雪在，寒澌[3]时带断冰来。
滥觞[4]水自添新涨，题柱人谁埽[5]碧苔。
徙倚栏干闲眺望，边城柳色傍楼台。

炉峰晓烟

双峰秀插碧云间，鬼斧谁劚[6]此博山。
晓日初升鸡唱后，晴烟直上鹤冲还。
气连岷岭千寻翠，色映江源几派殷。
缥缈时从天外望，莫教人误作仙寰[7]。

金蓬晚照

落照苍山起暮云，羌酋故宅古今闻。
夜惟狐兔眠荒冢，日见牛羊下夕曛[8]。
崖挂飞泉谁砑剑[9]，地寻镌石[10]有遗文。
蛮花寂寞斜阳里，天际归鸦正叫群。

龙潭映月

云净天空月影侵，戍楼人静碧潭深。

波光潋滟龙惊窟，夜色凄清鸟宿林。

隔水夷歌听近远，连宵兔魄[11]看浮沉。

问谁涤尽尘寰事，到此安禅悟道心。

大悲梵钟

晓度蓬婆月色低，晨钟遥辨出招提。

殿前昔禁神龙走，楼外时惊狨鸟啼。

旅梦几番听戍客，梵音半夜起阇黎[12]。

但须番汉烽烟靖，报警何劳幻说迷。

赤松古迹

古观劫灰只赤松，孰从边塞访仙踪。

空坛近日惟游鹿，老树经霜欲化龙。

残照常留红叶晚，吟涛不碍白云封。

未知辟谷当年侣，是否寻真此地逢。

风洞秋声

戍鼓蛮钲[13]昼寂寥，惟闻古洞起寒飙[14]。

洪涛骤听千山雨，绝磴[15]惊来八月潮。

落日尘沙飞飒飒，长年木叶响萧萧。

东风玉垒重回首，万里晴空一雁遥。

雪栏霁色

千年积雪共云浮，极目雄关在上头。

万里寒光凝远黛，四围晴色净高秋。

玉峰环拥朝如洗，银汉遥通夜欲流。

料得当时图要隘，筹边尽入赞皇楼。

注

[1] 徼外（jiǎo wài）：塞外，边外。

[2] 列嶂：相连的山峰。

[3] 寒澌（sī）：解冻时的流水。

[4] 滥觞（làn shāng）：江河发源的地方。

[5] 埽（sǎo）：同"扫"，打扫。

[6] 劖（chán）：凿，铲。

[7] 仙寰（huán）：仙界，仙境。

[8] 夕曛（xūn）：落日的余晖，指黄昏。

[9] 这里指在松潘县东金蓬山下的永泉，相传明时都督李安以剑斫石而得水，该泉清冽甘芳，因题曰"永泉"，为松潘"四大名泉之一"。

[10] 镌（juān）石：石刻文字。

[11] 兔魄：月亮的别称。

[12] 阇（shé）黎：高僧。

[13] 钲（zhēng）：古代击乐器，青铜制，形似倒置铜钟，有长柄，用于行军。

[14] 寒飙（biāo）：寒冷的大风。

[15] 磴（dèng）：石头台阶。

● ● 王泽皋 ────────────────────────────

清末灌县（今四川省都江堰市）诗人。

松州八景

王泽皋

古桥春涨

通远桥边望不迷，雪消春涨水平堤。

绿波泛泛鸭头绿，红板条条雁齿齐。

泊岸有时杯欲渡，济川终古柱须题。

江源浩渺长虹卧，风雨图中客杖藜。

炉峰晓烟

两山对峙有炉峰，破晓清烟直上冲。

屏障四围青霭合，松杉万壑白云封。

螭盘古鼎疑无迹，鹤避遥天顿失踪。

不觉侵晨初炫彩，凌宵佳气郁葱茏。

金蓬晚照

薄暝苍茫景色多，时闻山下唱羌歌。

游人出眺筇携竹，樵客言归斧烂柯。

寒谷不吹邹氏管[1]，军门初返鲁阳戈[2]。

金蓬顶上情无限，犹借余晖映薜萝。

龙潭映月

莫测澄江水浅深，只疑潭底有龙吟。

月名上下波揩镜，珠漾中边影漱金。

浴兔晶光涵万象，探骊神照澈千寻。

观空悟到虚灵境，一掬清流沁此心。

大悲梵钟

梵钟远彻雪山巅，不信前朝说备边。

半夜冷冷敲素月，一声隐隐破孤烟。

关心鱼钥[3]城头听，入耳鲸铿[4]殿角传。

悟得函中消息透，只从寺里证因缘。

赤松古迹

子房[5]一去久无踪，古观何年植赤松。

过客偶来谈汉事，大夫终不受秦封。

荒苔剥蚀秋烟冷，老树皴鳞间气钟。

抵胜谷成山下路，追寻黄石渺难逢。

风洞秋声

秋声飒飒满空山，万树阴森风洞关。

一窍突惊天籁发，几人相值俗尘删。

下从崖穴幽深处，上彻云衢咫尺间。

中有神灵司橐籥[6]，元功及物济时艰[7]。

雪栏霁色

积雪晶莹晓霁开，岚光缥缈若浮来。
寒堆阴岭连三戍[8]，晴入遥峰照九陔[9]。
矗顶已涵银世界，当头如见玉楼台。
凭栏四望虚无际，赢得凌空老鹤回。

注

[1] 寒谷不吹邹氏管：这里用了邹衍吹律的典故，传说战国时期燕国有谷地，但因为天气太过寒冷而无法耕作。邹衍吹响律管，暖气随之而至，当地从此便可以耕种黍谷了。邹衍，战国末期齐国人，阴阳家代表人物、五行创始人。寒谷，山谷名，一名黍谷，在今北京市密云区，相传为邹衍吹律生黍的地方。

[2] 鲁阳戈：典故，传说周武王率领诸侯讨伐殷纣王，旌旗飘扬，杀声四起，战斗非常激烈。周武王的部下鲁阳公愈战愈勇，敌人望风披靡。眼看天色已晚，鲁阳公举起长戈向日挥舞，吼声如雷，太阳又倒退三个星座，恢复了光明，终于全歼了敌军。后遂以"鲁阳戈"形容力挽危局的手段或力量。

[3] 鱼钥（yuè）：鱼形的锁。

[4] 鲸铿（kēng）：形容铿锵如击巨钟。

[5] 子房：指西汉开国功臣张良，字子房，秦末汉初杰出谋臣，西汉开国功臣，政治家，与韩信、萧何并称为"汉初三杰"。

[6] 橐籥（tuó yuè）：古代的一种鼓风吹火器，"具炉橐，橐以牛皮"。

[7] 元功：大功，首功。

[8] 三戍：这里指连接岷山的松州、维州和保州三城，唐代为边陲重镇。

[9] 九陔（gāi）：中央至八极之地。

七层楼

王泽皋

筹边集议御羌戎，杰构争传李卫公。

百尺俯临江水碧，七层高映夕阳红。

天低北斗星辰摘，地控西陲壁垒雄。

俯视孤城盘马处，千秋遗憾未成功。

西来万里大荒秋，肃气寒光满戍楼。

马到塞边难驻足，人从天外独昂头。

群山奔赴留空影，一水喧豗[1]任急流。

惆怅江关怀往事，斜阳衰草不胜愁。

注

[1] 喧豗（huī）：形容轰响。

●● 汤宝之 ————————————————
清末松潘诗人。

七层楼怀古

汤宝之

攀梯直上七层楼，瞰破羁縻廿五州。
德裕不来谁靖虏，章和以后几封侯。
江通湔汶今犹古，山接昆仑夏亦秋。
本是汉唐征战地，边防多在此间筹。

●●● 马西乘

清末松潘诗人。

松州八景

马西乘

古桥春涨

舆梁百尺架鼋鼍[1]，春暖水融起碧波。

浪簇银花鱼著絮，沙飞玉片鸭眠涡。

芳洲云敛天光净，红板霜消日色和。

远溯江源由此上，岷山相去路如何。

炉峰晓烟

天工巧凿岭为炉，万缕晨烟绕玉都。

春霭博山开曙色，丹成宝鼎篆祥符。

岩花隐约红光暗，涧草迷离翠色无。

一气氤氲腾不散，漫疑仙子爇[2]香厨。

金蓬晚照

金蓬山顶日西斜，一抹红光艳晚霞。

返照桥唇飞赤绮，半含石嘴灿丹砂。

荒烟蔓草羌酋冢，红树青山野老家。

际此夕阳无限好，寒林初见有归鸦。

龙潭映月

深潭澄碧净无埃，一粒金丸水底来。
几似龙宫悬宝镜，恍疑蚌腹剖珠胎。
空明境界诸仙领，浩荡乾坤万象该。
最是一番清趣味，令人神旷到瑶台。

大悲梵钟

神僧遗迹卫崖前，半夜钟声彻远天。
龙动欲飞岷水外，鲸鸣刚度雪山巅。
梦回情海昙方布，悟入灵根月正圆。
唤醒痴迷须猛省，当知人世有桑田。

赤松古迹

仙宫突兀傍城南，紫气腾腾镇日涵。
鹤驾已曾飞上界，蚪枝无复护灵龛。
千秋香火云生壁，一阵涛声月满潭。
旧迹丹瓢如可访，从游辟谷意诚甘。

风洞秋声

古洞幽深竟日风，临秋倍觉大王雄。
萧萧响避崖前鹿，发发惊飞塞外鸿。
林木摧残青盖尽，边关撼动白云空。
试研欧子形老句，速远寒飙慎乃躬。

雪栏霁色

雪栏关外雪初晴，缥缈晶莹景象清。

半壁寒光银作障，三边曙色玉为城。

填平暗谷心无险，冷到豪门气不横。

试看戍楼檐溜结，冰心可鉴我平生。

注

[1] 鼋鼍（yuán tuó）：中国神话传说中的巨鳖和猪婆龙（扬子鳄）。

[2] 爇（ruò）：点燃，焚烧。

••● 陈开黼 ————————————————
湖南善化（今长沙）人，清朝同治、光绪年间任松潘知县。

松州八景

陈开黼

古桥春涨

数丈虹飞古渡横，春江水涨白波生。
东郊烟雨和畊钓，西塞关山接驿程。
为待题词留柱影，何须杭苇抵舟行。
城居省得阳和候，好阔胸怀赋远征。

炉峰晓烟

峰如宝鼎城南峙，缕缕晴光带碧烟。
丹灶未曾留鹤驾，博山谁与蓺龙涎。
回光试炼蓬莱药，结篆疑开华岳莲。
雪后寒山漫惆怅，春风吹绿草芊芊。

金蓬晚照

山巢聚族古时羌，五里邮亭吊北邙。
旧日牧耕依水草，只今原野下牛羊。
烽烟扫尽崖犹赤，壁垒消余石已黄。
遗冢尚存一抔土，千秋樵采话斜阳。

龙潭夜月

明月如珠上下浮，澄潭时见蛰龙求。

须防睡去能常盗，好趁春来出细流。

鰕[1]蚌莫嫌同室处，风云遇合十洲游。

广寒宫殿遥相对，也听姮娥[2]谱曲不。

大悲梵钟

城西古寺访禅宗，曲径幽深碧藓封。

幻梦不知身化蝶，遗踪犹见佛降龙。

九年面壁知凡圣，千日磨砖作冶镕。

尘世谁能条妙谛，雪山微听一声钟。

赤松仙迹

杖履闲寻古赤松，红羊劫过胜仙踪。

槎丫几树何时种，苍翠千年不改容。

却有涛声娱野客，只嫌虚禄避秦封。

功成懒佩黄金印，独羡留侯[3]辟谷从。

风洞秋声

万窍齐鸣远应鼍，谁思猛士起高歌。

时愁江海惊涛涌，转见园林落叶多。

宗悫[4]少年期志向，醉翁[5]晚岁赋蹉跎。

卷帘桂蕊飘香入，走马长安想玉珂[6]。

雪栏霁色

万树梨花向日开，霓裳舞罢降瑶台。

疏慵高卧山中士，点缀先看岭上梅。

此际庙堂应献颂，谁知草野有遗才。

年年预卜昭丰稳，严壑平铺玉作堆。

注

[1] 鰕（xiā）：同"虾"。

[2] 姮（héng）娥：嫦娥。

[3] 留侯：秦末，张良运筹帷幄，佐刘邦平定天下，以功封留侯。

[4] 宗悫（què）：（？—465），字元干，南阳涅阳（今河南省邓州市）人，东晋书画家宗炳之侄，南朝宋名将。

[5] 醉翁：指北宋政治家、文学家欧阳修，字永叔，号醉翁，晚号六一居士。

[6] 玉珂：马络头上的装饰物，多为玉制，也有用贝制的。

●●● 沙瑞庆 ─────────────

字鹤汀，松潘人，清代廪生。博学能文，事亲至孝。松潘庚申（1860
年）变乱之后，学校废弛。同光年间，重建文武庙，改修书院，设立
城乡各义学，培植后进，出力甚大。

黄龙寺

沙瑞庆

连床风雨话良宵，对佛开樽破寂寥。

雅共闲云还自出，来如野鹤不须招。

洞中道士今何处，山外行人第几桥。

如此奇花兼异草，仙家有路定非遥。

●●■ 王文藻
松潘人，清代附生，保县丞。松潘庚申（1860年）变乱之后，在同光
年间，与沙瑞庆一同重建文武庙，改修书院，设立城乡各义学，培植
后进，出力甚大。

黄龙寺

王文藻

百鸟争鸣送好音，我寻隐逸入山林。

雅循流水穿芳径，为采名茶陟远岑。

道院废兴原定数，主宾潇洒喜同心。

到来慰我烟霞癖，自笑闲如出岫云。

●●● 庞国桢

湖广人。清初居松潘雄鸡屯，性好道，不慕名利，专以济人利物为事。后弃家入云屯堡九龙山，木石同居，安之若素。羽化后，堡人立庙祀之。

吟云屯堡九龙山

庞国桢

独上高峰望八郎，黑云散尽月轮孤。

茫茫宇宙人无数，谁破迷关出幻途。

赵如鸿

字宇仙，松潘人，清代廪贡生。敦尚品行，博通经史，工篆、隶、草书。设学课徒，从游者多成名。卒年七十有二。

岷山书院落成，颂仁斋太守诗[1]

赵如鸿

大启攸居石室成[2]，弘敷声教聚群英。

移风振铎兴文里，学道挥弦比武城。

厦广庇贤仁浃洽，堂高崇术德昌明。

希踪蜀守文翁化[3]，士庶歌功政治清。

天心未忍坠斯文，再造人材赖使君。

取法东林[4]敦雅化，将同鹿洞[5]扩多闻。

登龙准拟皆邦彦[6]，吐凤何难媲子云。

从此岷山恒毓秀，儒林戴德树奇勋。

注

[1] 本诗作于清光绪元年（1875 年）9 月。松潘岷山书院，在城东文庙侧，始建于明嘉靖四十五年（1566 年）。清咸丰十年（1860 年），在松潘变乱中被焚毁。光绪元年（1875 年），松潘同知刘廷恕组织合建鼓楼书院与岷山书院为鼓楼岷山书院，于光绪元年七月开工，九月落成。仁斋太守，指松潘同知刘廷恕，字仁斋，湖南人。光绪元年，任松潘同知。在任期间培修县城，创修岷山书院，筹捐膏火，作育人才。又建城内鼓楼，高可十望，以备边警。并重修了松潘文昌宫（后于宣统辛亥年被毁）。

［2］大启：大晴天。石室：古代藏图书档案处，这里指代书院、学校。

［3］文翁：名党，字仲翁，公学始祖，西汉舒县（今安徽省庐江县西南）人，汉景帝末年为蜀郡守，兴教育、举贤能、修水利，政绩卓著。为了纪念文翁，元始四年，汉平帝诏建祠于石室（即现在成都文翁石室旧址），以祀文翁。

［4］东林：指东林书院，位于江苏无锡，又称"龟山书院"，由杨时创建于北宋政和元年（1111年），后废弃。明万历三十二年（1604年），顾宪成等人重建书院并在此讲学。

［5］鹿洞：指白鹿洞，宋朱熹讲学处。

［6］邦彦：国家的优秀人才。

鼓楼落成，颂仁斋太守诗[1]

赵如鸿

百尺危偶旧有基，茫茫胜迹孰新之。

崇观忽仰峥嵘出，盛举咸钦踊跃为。

射斗文光昭气象，凌云峻势壮威仪。

居中一旦恢雄镇，善政兴邦制得宜。

市井经营楼定中，纵横拱卫四衢通。

高张琼宇怀柔远，回出尘寰望道隆。

媲美灵台民乐役，运筹画阁使图功。

安边策善巍然矗，不朽芳名纪我公。

---------- 注

[1] 本诗作于清光绪元年（1875 年）。鼓楼，位于松潘城中街。光绪元年，松潘同知刘廷恕重建鼓楼，高可瞭望，以备边警。

杨子钧

名光国，字子钧。清代松潘小河营人，与其兄弟杨树芬、杨光斗同时同科入学国子监，获得"三凤齐飞"的称号。增贡生，分省补用县丞，保同知，民国初年任松潘县立高等小学堂校长，第一次选举县议会议员。

颂夏毓秀德政诗[1]

杨子钧

山环六诏起祥云，具有边才出建勋。

梓里[2]运筹寒贼胆，松州用武靖夷氛。

铁衣上将推元老，金粟如来[3]是使君。

戎马书生思献策，追随何惮历辛勤。

千秋功业记西征，杨柳依依赋此行。

秉钺[4]建勋原有胆，竖旗降虏共输诚。

棠甘满树风行惠，瓜苦三年雨洗兵。

自愧愚忧无报称，心香几瓣祝长生。

注

[1] 本诗作于光绪二十二年（1896 年）。松潘在平定发生于 1860 年的咸丰庚申变乱之后，边地部分部落弱者失权，强者恣肆。光绪二十二年四月，松潘总兵夏毓秀发兵征讨挑衅的部落，于六月胜利班师。

[2] 梓里：故乡。

[3] 金粟如来：佛名，即维摩诘大士。维摩，意为净名。

[4] 秉钺（bǐng yuè）：持斧。借指掌握兵权。

● ● ● 孙　锵

（1856—1932），谱名礼锵，字芊仙、玉仙、仲鸣，浙江奉化人，清末民初收藏大家。光绪二十年（1894）进士、探花，以中书科中书授越隽厅篆，官至越嶲厅同知，后为金华县教授。晚年寓居上海，筑"十二万卷楼"，所藏书大多是四库全书未收之秘籍。

松潘出险，未获晤谈，归里有期，又虚祖饯，率成五律三章，志感兼以送别（节选）

孙　锵

老健公称叟，吾衰谶蹇翁。

出门歌自北，观水羡归东。

书味一镫共，风声四海同。

中原安宅后，霜讯盼飞鸿。

黄龙寺

马贡三

世外桃源岁月长，好花时送雪莲香。

穿林野鸟惊人散，冷寺闲僧迓客[1]忙。

览胜会须穷洞府，寻幽偶尔宿禅房。

暮春风浴偕童冠，放浪形骸兴欲狂。

────────── 注

[1] 迓（yà）客：迎接客人。迓：迎接。

•• 张培兰 ————————————————————
清末松潘诗人。

黄龙寺

张培兰

空明境界背山城，梵宇疏钟偶一声。

地远尘嚣堪避俗，天随人愿值新晴。

就中宾主忘胡越[1]，槛外林峦吐秀明。

但惜光阴如逝水，为欢能几感浮生。

注

[1] 胡越：胡在北、越在南，比喻相隔遥远。

●●● 汤子青 ──────────────

清末松潘诗人。

黄龙寺

汤子青

真人已驾黄龙去，山势蜿蜒似昔年。

古寺千秋凝积雪，灵池五色溅飞泉。

天浆滴下都成佛，洞府居中便作仙。

香火万家朝六月，羌歌氐舞杂喧填。

●●● 赵　宇 ————————————————
清末松潘诗人。

仙游黄龙寺

赵　宇

为访名山纪胜游，偶来松径曲通幽。

豁然开朗岫云出，突兀撑空峰雪浮。

仙洞蝠飞穿奥境，龙池鳞次绕清流。

从欣福地超尘俗，我辈怡情竟日留。

一峰矗起西山西，岱宗衡岳[1]无与齐。

上有古寺与古洞，天然名胜真人栖。

我来适逢长夏日，草木葱茏山如滴。

翠柏苍松叠障排，彩禽翔举鸣飘逸。

道人携步历高原，风送奇芬花正繁。

拍手池头笑泉涌，水华吐秀霞气翻。

洞口闲云变幻起，洞中清响滴如雨。

欲穷灵迹入深深，几多斜转无底止。

且观佛像出迟迟，石笋参差尽倒垂。

忽忆旧名黄龙洞，真人抱道此修持。

————————— 注

[1] 岱宗：即泰山，为五岳之首。衡岳：南岳衡山的简称。

●●● 陈玉波

清末松潘诗人。

黄龙寺

陈玉波

仙境清奇势不侔[1]，景行行止共闲游。

金沙巧砌流层沼，玉树交罗豁远眸。

万壑飞帘如喷雪，满林疏雨若经秋。

只因胜迹非凡趣，欲画幽情意未休。

------ 注

[1] 侔（móu）：等，齐。

● ● ● 吴 野 ────────────────────────────────

清末松潘诗人。

宝鼎晶莹

吴 野

翠屏山顶览奇峰，雨过云烟了无踪。
极目蓝天群峦远，晶莹宝鼎入晴空。

黄龙彩池

刘邦源

清末松潘诗人。

礼赞宝鼎

刘邦源

耸立雄峰绕瑞云，王琢粉饰峻态生。
山北岭南千秋雪，润沃西蜀惠古今。

张鸿明

清末松潘诗人。

颂夏毓秀德政诗

张鸿明

间世天生拨乱才，筹边昔感卫公[1]来。

北门锁钥金汤固，西徼烽烟玉垒开。

誓翦黄巾清部落，力扶黔首[2]上春台。

而今顶祝灵光殿，德颂岂然仰化裁。

注

[1] 卫公：指唐代名相李德裕，曾于唐文宗太和三年（829 年）至松州等地筹边。

[2] 黔（qián）首：平民。

松州北门

●●● **哈恕田** ————————————————————————

清末松潘诗人。

————————————————————————

颂夏毓秀德政诗

哈恕田

谦尊元老爱群英，开阁重延送复迎。

南诏[1]勋臣真不忝，西方佛子最多情。

高骞云路叨宏奖，得上春台感再生。

未报深恩聊进祝，德门世世继公卿。

———————————— 注

[1]南诏：这里指代云南。夏毓秀为云南人。南诏国（738－902）
是八世纪崛起于云南一带的古代王国。

●·●● 米春芳

清末松潘诗人。

颂夏毓秀德政诗

米春芳

未报深恩聊进祝，德门世世继公卿。
祠宇岿然喜落成，瓣香都为祝长生。
斯民三代犹存直，大德千秋不朽名。
李赞皇楼高从出，鲁恭王殿独支撑。
不虞后日传青史，已卜身前口颂荣。

王鉴洲 ————————————————————————

清末双流县（今成都市双流区）人。

颂夏琅溪

王鉴洲

天遣元戎靖蜀疆，金戈铁马寓慈祥。

是真名将心无忝，如此奇勋面独当。

保障远屏唐古忒，生祠高建鲁灵光。

我今幸作依刘客，亲见英雄老更强。

●●● **伍肇龄** ————————————————————

(1826—1915)，字崧生，四川邛州（今邛崃）人。道光二十七年
(1847 年) 中张之万榜二甲二十三名进士，选翰林院庶吉士，散馆后
授编修、侍讲及侍讲学士。长期从教，先后主讲邛州书院、成都锦江
书院和尊经书院，任山长多年，培育人才众多，有"天下翰林皆后辈，
蜀中名士半门生"之誉。工书法，善诗文。著有《石堂藏书》《石堂诗
抄》等，并与董贻清等合修《直隶绵竹志》。

颂夏总戎歌

伍肇龄

苍山洱海西南徼，金马碧鸡通蜀道。

江山盘郁灵气钟，崛起伟人真国宝。

身经百战卫乡邦，肤如刻划曾无挠。

死生一致出艰难，大似尉迟立功早。

丹墀诏对天语温，龙颜惊喜嘉忠抱。

昔年作镇莅松州，和辑民夷善运筹。

士卒怀恩同挟纩，春风被泽不知秋。

锦城移节尤尊重，营务全川运量周。

前年鞠旅历边隘，决胜遐荒征黠酋。

三寨从来恃隅负，途阻行旅森戈矛。

连营并进诛不法，崩角稽首皆诚投。

文报自兹无复梗，西通藏卫尽庚邮。

维茂连疆皆忭舞，四民安乐遍歌讴。

我今识公二十稔，知公特操非常流。

忠勇性成志敌忾，熊罴之士宜公侯。

是翁矍铄古所诩，令德寿考承天庥。

•••● 杨承起 —————————————————————————————
清末关中人。

赠夏琅溪

杨承起

武侯已往卫公死，旷代雄才谁继美。

筹边楼畔剩斜阳，古柏祠前空流水。

闻道南中见彩云，勋名今让夏将军。

丁年不睹妖氛起，午夜长怀待旦勤。

一朝猋构花门乱，洱海滇池蹂躏遍。

兵骄师老战无功，鹤唳风声魂欲断。

将军威武迈天神，誓扫欃枪不顾身。

廿七伤痕终不死，九重褒赞宠长新。

百战威名垂金碧，将军驰马入蜀国。

十年松岭宣壮猷，千里岷山顿改色。

振武兴文善政多，夷人忭舞汉人歌。

天命锦官开帅府，留公不住奈公何。

西人欲绘益州像，朝日鸠材夕命匠。

古绳祠宇启嵯峨，遐迩军民齐仰望。

吁嗟乎！郇伯黍召伯棠，千秋万世共流芳。

我今重入元戎幕，笑嚼梅花赋短章。

●●郭陈氏

清代松潘廪生郭周翰妻。夫妻二人至山西三原县省亲，郭周翰不幸病危，不久去世。郭陈氏誓不欲生，一年后，闭户自缢于寝室。留下哭夫自悼诗，情词凄恻，读者下泪。后抬柩回籍，与夫同穴。

哭夫自悼诗

郭陈氏

痛切愁深泪万行，前生岂爇^[1]断头香。

般般悲惨难言诉，事事凄惶乏救方。

累我残躯关陇外，葬予枯骨锦城旁。

金钗破后终须合，免向人前道未亡。

注

[1] 爇（ruò），点燃，焚烧。

●●● 袁以堉 ————————————————————————————

号雅堂。江西南昌人。乾隆二十二年（1757年）丁丑科进士。乾隆四
十一年至四十三年（1776—1778年）任乐山知县，历官打箭炉同知、
云南曲靖知府。著有《雅堂诗文集》《留耕堂集》。

挽郭陈氏

袁以堉

当年采荇赋河洲，淑女仙郎结好逑。

岂意藁砧[1]悲逝水，翻成燕子泣空楼。

金钗破处肠应断，白练悬时志已酬。

寄语兰台挥翰客，好题彤管[2]播千秋。

————————— 注

[1] 藁砧（gǎo zhēn）：农村常用的铡草工具。藁指稻草，砧指垫
在下面的砧板，这里为妇女称丈夫的隐语。

[2] 彤管：红色的小花朵，这里指女子文墨之事。

●●● 董湘琴

（1843—1900），名朝轩，号玉书，又字香芹，灌县（今都江堰市）虹口人。曾出任松潘总兵夏毓秀幕僚，授予蓝翎候补知县，后弃职回乡，与妻子隐居于成都百花潭。著有《百花潭诗集》。

松游小唱[1]

董湘琴

序

《松游小唱》者，松潘之游，随游随唱也。曷唱乎尔？自来名士从军，才人入幕，就所阅历，发为诗歌。途次所触，欲以五七字赋之，而又苦于裁对。因念古人如白玉蟾[2]、朱陶稚辈，信口狂吟，自鸣天籁，音之高下，句之短长，在所不计。余自灌束装，以迄抵松，有见必唱，间有挂漏亦略所当略。阳春白雪尚矣，下里巴人何妨。敝帚自享。二三知己以为板桥《道情》可，盲女弹词亦可。

橐笔[3]往西游，灌阳[4]郁郁闲居久。几幅鱼书[5]催促后，辞不得三顾茅庐访武侯。把行期约定在九月九。走！

镇夷关[6]高踞虎头。第一程江山雄构，大江滚滚向东流。恶滩声，从此吼。灵岩在前，圣塔在后，伏龙在左，栖凤在右，二王宫阙望中浮。好林峦，蔚然深秀，看不尽山外青山楼外楼。尽夷犹，故乡风景谁消受。

行行至白沙[7]，路转西斜。平畴入望野桑麻，流水小桥，是一幅苏州图画。舟人自舟，筏人自筏，生涯在水涯。回首灌城，茫茫雉堞残阳下。长桥竹索横空跨，过桥来，柳阴闲话。

前途望眼赊，沿江一带古烟霞。五里塘，恰似那八阵图，风云迷幻，又好比元夜灯，火树银花。拢界碑，才知是灰白碳黑经融化。谚语云："灌汶交界，黑白分明"，一点不差。

从此渐登山，五里茶关。关门口绝好楹联，上写着："东来险阻无双隘；西去崎岖第一关。"来往要稽盘，是国计民生税羡。

五里拦木堰，又五里，龙洞前，摩崖大字："关塞极天"，洞头流水响潺潺，千寻石壁撑霄汉，外衬着藤罗点染，恐黄筌、米颠，笔无此健。周道如砥直如弦，平镶石板。恰趁着鱼鳞天晚，雁齿桥边，诸峰林鳌，尤美在西南。尽盘桓，破题儿龙溪[8]头站。

天生一岭界华夷。上十五里，下十五里，佳名自昔称娘子。把新旧唐书重记起，天宝、开元，这典故无从考据。伍髭须、杜十姨[9]，惑恐是才人游戏。盼不到为云为雨巫山女，梨花一枝，仿佛在溟蒙天际。空山瓮马蹄。一路行来迤逦，彳亍[10]至岭头小憩。

憩毕又肩舆，下坡路儿又快些。坎有高低，弹丸走坂须防备。最怕是狭路逢弯，肩舆簸荡在空中戏。俯视深无底，令人惊悸。猛想起，九折邛崃，有人叱驭，又想起"有胆为云"，出自淮南语。丈夫忠信涉波涛，胆小儿，怎步得上云梯去。况七百里途程，如瓜初蒂。千思百虑，死生有命何须计。渐渐的行来平地，抬轿人惫矣，坐轿人馁矣，映秀湾歇气。

歇毕肩舆又上肩，松潘西望路漫漫，景渐难看。河在中间，山在两边。九曲羊肠，偏生跨在山腰畔。抬头一线天，低头一匹练。滩声响似百万鸣蝉，搅得人心摇目弦，最可厌，一山才断一山连，总是司空见惯，面貌无改换。问蚕丛开国几经年，这沧桑如何不变？行程要耐烦，水榭风亭，或有个地儿消遣。

经过豆芽坪，复经麻柳湾。东界垴，无可观，东倒西歪几家茅店。豆芽、银杏与兴文，此三坪实无留恋。经沙湾，过罗圈，行来彻底关。关门朽烂，风雨飘摇剩一椽，更兼着阴岩绝壑天容惨，锁不住寒溪水，昼夜潺湲。坡下小停骖，吹起炊烟，向来照例该尖站。

场口闲游玩，人行溜索飞如箭。恰似猱猿。小流连，也要算书生涉险昏花眼。红日坠西山，行十里，抵桃关[11]。

桃关关上种胡桃，桃树桠槎都合抱。酒肆茶寮，往来商旅蜂衙闹。十年前，此地游遨，曾记得斜阳晚眺，见几处门楣真不小，退光扁，驷马门高，泥金额"永锡难老"，皇恩旌表。吾宗此地有人豪，是西来表表。何事怎萧条？询方知，年逢庚寅，我辈朝考。匝地起波涛，雷轰电扫，江翻海倒，烟笼雾罩，人语乱啁嘈。鱼鳖登床蛙上灶，顾不得扶老携幼，哭声嚎啕，饱足足的一干人，断送在蛟龙腹饱。我来此地重悲啸，白茫茫寒烟衰草，风景甚刁骚，抵一篇古战场文，无此凭吊。红日西沉了，匆匆过索桥，余霞散绮暮烟消。好良宵，羊店[12]睡觉。

羊店一宵眠，飞沙晓渡关。高高一塔插云端。塔铃声脆风吹远，行人须早晚。日当午，风正酣。若遇着大王雄，纵乌获、孟贲[13]也称不敢。扬尘扑面，吹平李贺山，杜陵茅屋怎经卷？

飞沙岭连飞沙关，岩刻石纽山，相传夏后诞此间。《蜀王本纪》：禹生广柔，隋改汶川县。凭指点，刳儿坪，地望可参。今古茫茫，考据任人言。我来考古费盘桓，总算是尽力沟洫称圣贤。有功在民千秋荐。

路曲又逢弯，弯外鸣潭，银涛雪浪飞珠溅。飞到山颠，点点湿征衫。雄岩万丈汇深渊。风猛烈，水喧阗，风声水声搅成一片。纵有百万健儿齐嘶喊，强弩三千，射不得潮头转。澎湃吼终年，想项羽、章邯，无此鏖战。

得得到关前，观音院、闲停喘，放眼江山。由来此地称天险，把滟滪、瞿塘上游独占。万流奔赴一深潭，不敢低头看。方信到如临深渊，兢兢战战。下坡来沙坪路缓，舆人快活三，放胆高眼。

行程不过五里远，山容渐淡，天容渐宽。隔江树色浓于染，斜抹轻烟。蓦然见金碧辉煌，问道是何王宫殿？途人指点说乩仙，祈祷多灵验。此语闻来真喷饭。又不是御大灾，捍大患，皇皇祀典，非鬼何须谄。木客山魈，或恐把俎豆馨香来赚。枉自费金钱。堪笑还堪叹。猛抬头，已抵汶川县。

一城如斗拱万山，城外萧然，城内幽然，风景绝清闲。断井颓垣，疏疏落落谁家院。行过泮宫前，衙门对面，绝不闻人语声喧，多应是讼庭草满。由来此地出名员，甲榜先生多部选，尽可学鸣琴子贱、潘孟阳饮酒游仙。真消遣，且偷安。纵教选个庞士元，百里才无从施展。街道匆匆游览遍，城外茶税关。

过桥去，涂禹山。瓦寺土司，蜀国屏藩。论世袭远追唐汉，五年一贡递相传，慑服荒边。切勿笑夷蛮，要算是此邦文献。行过白鱼落，又过三架弯。日落远衔山，投宿在板桥茅店。

板桥早发七盘沟，残月尚如钩。晓风吹起毵毵柳，门外碧溪流。山明水秀，好风景在场头。萧萧竹木天容瘦，水碓鸣榔，闲点缀花间篱豆，却少个临风招展旗飘酒。山势渐夷道，上坡路不平不陡，螺旋蚁折，水似巴江学字流，整整的七盘消受。攀跻到岭头，望威州绝似齐州，云烟点九。

岭上风光分外明，路旁沙色白如银，似一所玉屏，寻不出刀痕斧痕。纵刀断斧截，无此齐整。风起皱沙纹，纹如片片龙鳞影。

山势渐微平，滩声远不闻。山鸟山花都雅静，且稍停，来访天官旧日坟。惜无有传记碑铭，何朝何氏起家声。翁仲已斜倾，石人石马荒榛困。怪不得荆棘铜驼、周伯仁，都感慨到河山风景。五龙飞剑不须论，野语齐东姑妄听。

绝塞暮云横，凉月又东升。姜维城下起笳声，隐约闻击贲。山深况复又秋深，西风飒飒肩舆冷。何处远人村，烟火迷离，茅屋柴门，孤篱透出寒灯影。不必雨纷纷，已是行人欲断魂。猛抬头，威州已近。

威州自古叫维州，城号无忧。三面环山一面水，李文饶[14]旧把边筹。冤哉悉怛谋[15]！牛、李从此生仇构，怀古不胜愁。匆匆旅店投，门外闲游，六街灯火明如昼，真果是人烟辐辏。呼儿旅邸频沽酒，深宵话久，一枕黑甜游。鸡声唤起行人走，鞍马铃骡，又扑起征尘五斗。

十里过街楼，驻马场头，振冠束袖，特地访名流。尚家昆仲吾与俦，白眉犹说后来秀。姑勿论，九世明经，吾乡罕有。只这腹笥便便，果真是文坛耆宿。一笑登堂话不休，清茶一瓯，强如坐对贤人酒。非我爱勾留，是西来好友，是生平畏友。欲别又绸缪，殷勤话旧，大丈夫各有千秋。赠言强当临歧柳，抵多少河梁携手，送我在雁门口。

锁钥西来一雁门，是松州重镇。边气郁萧森，江间波浪兼天滚。周将军到此何曾？偏有这脱靴痕，双撑石笋。长途渐荡平，塘所烟墩，汉唐古迹今犹剩。猛想起前朝战争，羽檄征兵。进尺得尺，进寸得寸，处处劳安顿。由来弃地有明徵。回纥土番，蛮夷猾夏何须惩，还须讲忠信。何物最撩人？野鸟山花，幽岩曲涧饶风韵。明妃出塞最消魂，青冢黄昏。纵文姬归来，已不堪飘零红粉。往事怕重论，同是天涯沦落人。司马青衫，年年都被泪痕损。

且喜青坡草草木新，碧痕相掩映。参差石径，三十里文镇。文镇有文人，由来十室生忠信。"衣冠世胄"匾额犹存。周仓背石路旁存，美女划船顺水行。行过了独脚龙门，铜钟终古不闻声，河下金龟曳尾遥伸颈。何景何物？问土人，侃侃而谈多印证。初不过象形、会意、转注、谐声，而今称盛景。

最凄凉，富阳坪。四处居人少，天阴雨湿雾溟溟。一事实堪惊。鬼打石，儿时旧闻，今日到来方肯信。大石孤横，行人夜半远闻声，似铁铮铮，似木叮叮，到头来又寂无音。石上旧窝痕，深深浅浅新涂粉。更有好事人，手抹着牛溲马粪，朝来依旧濯濯新。这溲痕粪痕，全无些儿影。试问他抹系何人？洗又何人？《山经》《尔雅》《志异》《搜神》，纵渊博如郑康成，这坑坑无从考证。三生果是旧精魂，补天或恐娲皇剩，几次细详评，块然独存。任汝忒聪明，也猜不出石头情性，至今藏着个葫芦闷。

七星关，关名伴月。白水寨，水白如银。石鼓石生成，却少个张生歌文，昌黎题咏。犁渊沱水静无声，杨木坪，杨柳依依似故人。周仓故里孰传闻。宗渠椒子久驰名，朱实离离，满山璀灿红如锦。从此入山阴，不暇接应。别有桃源赛武陵，造化开奇境。青畴沃野，千里树笼云，想故乡无此风景。隔岸远山青，如屏如笏如钟鼎。遥望阜康门[16]，巍巍一座城。一峰绵亘，塔势拿云。载欣载奔，涧头流水响琮琤。瓦屋鱼鳞，柳岸花明又一村。宽眼界，豁胸襟，一路牌坊，来在茂州郡。

茂州局势大开张，西来第一堂皇。曾记自灌而往，几经汶上，三百里山高水长，无此宽广。果然是神禹乡邦。纵王业销沉，犹想见兴朝气象。六街三市，射圃球场，睹雉堞峨峨，大似锦城模样。

金风引我城头望，郭外隐斜阳。听班马萧嘶，何处韵悠扬？一曲铜鞮[17]，蛮娘归去山腰唱。雄图天府控蛮方，熙来攘往，忆明末流寇犯城防，罗氏五男，奋战同日亡。至今遗血鲜红，犹存在石缸上。更有那唐家蒋贞妇，十首题诗刻牌坊。殉夫节义人人讲，真个是，地灵人杰入庙廊。东望路茫茫，西通卫藏，南接乡江，万冢累累是北邙。烟雾锁苍苍。休惆怅，蓬山牵恨有刘郎。把已过的路儿细细想，把未来的路儿慢慢访。

茂州北上渐登坡，左山右河，文章依旧多重复。山势起嵯峨，童然而角，斧斤伐尽牛山木，人见其濯濯。尽不少神骏千金，骅骝、骓骒[18]。一步一蹉跎。药裹东来用马载，茶包西去换牛驮，小载有驴骡，铜铃一颗，铃声响应鸣山谷。外还有马夫骡脚，腿琵琶，身车轴。胡文忠[19]选士有科，若叫他疆场效命，荷载横戈，趔趔怕不是干城佐。何事恁奔波？只赢得马前马后长吆喝，辜负他健儿身手，子弟山河。千古英雄，由来抱璞同声哭。

寒烟日暮，番寺唱优婆，风吹隔河声断续，一声声似念弥陀。又只见白杨村里人呜咽，青枫林下鬼吟哦。说甚么金樽檀板[20]，白纻红罗，山阴敕勒，塞上明驼。只此鸣笳吹角，也值得子夜闻歌唤奈何。似这般黄沙白草真萧索，长途感慨多，无端怅触。又不是李白夜郎，坡仙海隩，杜陵忧国，宋玉坎坷，这几颗泪珠儿不知不觉纷纷落。日月掷如梭，好光阴难得闲中过。不平事儿古来多，风云变幻成棋局。极目望生愁，凭吊在山河，堪叹英雄多折磨。儿孙自有儿孙福，命如之何！知足常乐，终身不辱。鸟倦知还，人倦思瞌，夕阳无限，金乌西落。

　　早过大栈营，一枕黄粱半未醒。千总守备，雾气腾腾，不觉红日已高升。行来踏上水墩，五里路程。一旗缭绕真难认，乍疑是杏花村，沽酒旗儿招人饮。又疑是戍楼雄镇，鼓角残旗腾。却原来有"茶关盘查"四字痕，令尹在关门。休笑他一官清净，也算是闲曹见九品。看此地有何风韵，茶包垒垒，尽都是牛驮马运。

　　行行渐登山，再过一弯，燕儿岩水响潺潺。一幅水晶帘，端挂在危岩绝巇[21]。高山流水古人传，想子期伯牙流风已远。我来此地重游览，却少个知音人儿消遣。

　　石榴沟畔石榴红，错节盘根撑碧空，恰似安期枣梨味相同。人家住两头，石桥正当中。行人色匆匆，路转桥东，番语大不同。梢长大汉，运斤成风，坡坎累相逢。何不凿个路儿可通？

　　前途又上山，山下渭门关。此关并不险，不比那雁门紫塞，一将当关。地势尚平宽，农夫农妇，让耕让畔。见几个桑者闲闲，说的是为农为圃当勤俭。我闻此语真如愿，虽是乡人闲谈，要当得一篇治家格言。旅店甜眠，明朝要过小沙弯。

　　沙弯沟口过桥来，十里擦耳岩。平房几处，东倒西歪。支尖投宿都不爱，催马到红岩。石洞谽谺[22]真奇怪，试问那凿石通幽人何在？那一年逢癸亥[23]，李道人经此岩，到处募资财，率领石工，整整三载，才把这峭壁危岩凿开。到如今且看他化险为夷，千秋遗爱。问谁人能步后尘来？羽化亦快哉。

　　行里许，至浅沟，溪中水浊合江流。平坦十余里，浪静好行舟。缺少桃叶渡，谁上望江楼。尽可学，举网得鱼，老妇藏酒，开樽行乐任遨游。饱览山川，钟灵毓秀，且欣深潭碧如油。巨鱼出入波纹皱，纵教任公子此地来游，这钓竿也处处堪投。

　　又里许，石嶙峋，数十里纵横，岩拂人巾，人傍岩行，滩恶洪涛喷。到此来，步愈健，心愈惊，如临深渊，如履薄冰。有命在天自思忖，合眼任奔腾。霎时路径平，睥睨风景，春夏草不生，令人怆神。我把那古今名人画稿都翻尽，并没有此种山形。前面是长宁，可以缓程。

长宁林内鸟飞还，林鸟声声唤出夕阳天。欲行怕路远，欲站怕飞泉，几家茅店傍溪边。最怕是五六月间，雨积沟涧波涛翻，无处逃窜，昔日桃关是殷鉴。寄语行人，逢水边，休站店。一上坡来十八弯，一弯一转，险似螺旋。

平又陡，两河口，水流左右，中耸一峰是枢纽，丹嶂峙两头。黑水黑如漆，松江碧如油。二水交汇向东流，不分清浊皆容受。近午风声吼，行人不敢走。攀岩攀石休松手，风撼波涛湿襟袖。顺江上游，无一点山川韶秀。苜蓿堡，在前头，算是支尖站口。

苜蓿、长宁，十里疲人腿。烟墩坡，一坡高垒。石大关，滩吼如雷。鹦哥嘴，休误会，不过象形会意理可推。此处产梨有佳味，何妨购几枚，当饮醇醪如醉。自晨至昏两歇憩，又是一天，且投大定关酣睡。

大定荒凉何足道。马脑顶，山矮人高；大水沟，夏涨冬消。老龙沟，龙在岩腰，扬须舞爪，却少个龙门跳跃。转弯来，山渐高，巨石又当孔道。苔藓如钱斑如豹，试问此岩何名号？"龙王大石"人争道。黄草坪，满目蓬蒿，景象萧条。草木零落，枉自说夭矫，都付与荒烟夕照。

小关子，是要害。上观千寻峭壁，下瞰万丈危岩。一夫当关，万夫莫开。猛想起，唐宋氏羌叛边塞，士卒征西劳将帅。两载斩一关，三年夺一隘，才荡平川西一带。设官分职，弹压各寨。封疆大臣，明盔亮铠。分兵踞守，方算是中华雄界。

雄关踞高岭，绝顶路平平。忽然空眼界，俯看叠溪营[24]。溪界渺渺无处寻，一城号蚕陵。雉堞参差雁齿横，尚有蜂衙蝶市，酒舍茶亭。匆匆一瞥过山城。

较场路平，尽都是石板镶成。将台是古迹，龙池对面横，不觉又过孟良城。

观音岩，烟火纷纷，匾对如林。一付对联挂殿门。联文是："人到洪岩肩许拍；我求大士眼重明。"缓步讴吟，忽吟到五盘山顶。

五盘山曲曲盘盘，下山容易上山难。升高望远，无景可观。忽见山巅夕阳残，急忙下坡坎。尽都是石梯石板，且喜路宽原不险，不觉到平原。平桥沟，路平坦，平房太破烂，不必稍缓，赶紧到沙湾，歇店好煮胡麻饭。

沙湾无沙漠，地名取何义？不比那飞沙关、沙窝子，沙坡高垒随风起。此地烟火迷离，人家拥挤。荍麦[25]满地，鲦鲤满溪，胡桃满树，瓜果满畦。一条街道却宽些，瓦屋亦齐整，好房舍通空气。更遇着主人贤，送来些山葱野荞。旅人也算安乐地，何妨住此酣眠，待明朝再收拾行李。

五里猴儿寨，瀑布泄危岩。不见猱猿饮水来，这猱猿巢穴安在？或是那好事人儿任编排。普安无可采，石头城倾圮真危殆。人家寂寞，闭户掩苍苔。

太平山口忽然开，平畴非狭隘。左是杨柳沟，右是萝卜寨。夷人妇，装束怪，两个大锡圈，当作耳环戴。青布缠头，红毡腰带，白衣黑裙大花鞋，别有一番气派，可为万国人种图上载。

永镇十里又开展，路短且平坦，惜乎走不远，即是危岩陡坎，任你骑马与肩舆，也不敢铤而走险。山回路转，一丰碑在前面。写的是"松界之南"，松潘南界才起点。

前去平定关[26]，途程若干？一百八十里，才得到松潘。进场口，街道尚宽，对面皆旅店。摆的是茶铛酒盏，元羹荞面，处处劝加餐。快马扬鞭过大湾，这弯不止十里远。遥望一楼耸出，高插立云端。靖夷堡[27]，可以支尖。

到此山，愈出奇，城高人户低。陡坎石梯，参差不齐。到街来，左右睥睨。有几家高大门楣，支尖投宿也相宜。出堡来，一桥向西。桥下波纹起，桥畔草离离。猛想起，司马相如，高车驷马有留题。又想起，子房进履，圮下受书志不低。古今人原有同意。过桥来柳依依，风景不齐，莲花岩忽从人面起。

莲花岩畔问莲花，花从何处放？行人指点丹岩上。想五六月间，大红大亮。观音度慈航，莲台人争仰，为善必昌。庙貌巍严香火旺，拾级登临，万点山尖都入望。眼底来洪涛巨浪，直向岩边撞。

夹竹寺边夹竹桃，桃花含笑映冰苞。又笑那乱山残雪，尽是夷巢。此地土司也不小，一条沟管至白草。把这个野蛮风气长守倒，全不晓文明世道。我在高坡凭远眺，一河湾真好。斜阳晚照，金沙炫耀。望见镇坪好街道，有几家茶号，旅店歇人少。爱清闲，假寐今宵，金瓶岩明朝又到。

金瓶岩，金矿旺。相对两峰真雄壮。太阳斗光，满山皆亮。毕竟夷人未富强，万事由命，福薄气象。沙石层层宝贝藏，色似鹅黄，丹砂在上。颇有发泄千万斛，恨无矿师来采访，任将此地抛荒。热心人见此生惆怅，有一番富国思想，要把条陈上。请开官厂，何愁此地不富强。

平夷堡[28]，太荒落，烟火数家，若断若续。桥畔一溪通岩壑，峰顶积雪，寒光映林麓。问土人有何生活？出入深山与穷谷，置弩埋药，要等待獐麂兔鹿。山珍可口，衣丰食足。行数里，一大陆，扬鞭策马真快活。耕者自耕，牧者自牧。一童子骑牛唱歌，远闻山谷。虽唱无腔无曲，也算是田家趣乐。

直向平番[29]走，孤城如斗。此地吸烟男女，十有八九。失业废时，一切工商俱莫有。虽是松属营头，守备千总有官守。曾不思如何挽回，如何补救！勒令烟癖从此休，赶紧把普通知识来研究。

行数里，峰尖如笔，曲曲弯弯真仄逼。见一处烟火稠密，溪似若耶，渡如桃叶。柳暗花明，山清水碧。地名镇江关，论乡场，要数第一。有几家新屋舍，门道也不窄。

主人翁已出门迎接，何妨下马度今夕。杀鸡为黍，金瓯鼎食。诗向会人吟，怡怡切切，良宵风景真难得。忽听鸡鸣催起舞，我要效前朝祖逖。待明朝过箭岩，又一番行息。

行至白定关，地平且宽，街道接连。农工商贾把场赶，酒舍茶轩，纷纷人语自盘旋。或云掉换，或买油盐。夕阳远山人影散，却少个楼台亭院，题咏闲谈。对面好林峦，江水一湾，波平浪静好行船。林内起炊烟，樵夫牧竖打茶尖。得此好安闲，长结个山水缘，一曲高歌松下眠。

走归化[30]，路太长。幸遇着"王道荡荡"，不是那鸟道羊肠。此处山溪，源远流长。每逢三月桃花浪，流出些鲹鲤鲦鳇。头上一点红光亮，这群鱼历有考详[31]。均云龙子龙孙，西海龙王。土人爱惜，不敢罟网，洋洋圉圉出大江。指点此地是丙穴旁，黄龙古洞通行藏，此水不寻常。高架舆梁，济人来往。从此安澜镇伯阳，不敢陡涨，永教人平康无恙。

龙潭十里觅神龙，新塘关下少人逢。守塘兵，眼朦胧，面上百两烟灰重，何尝有武士气象，顾盼自雄。步兵马兵壮岁从戎，到老来只落得一点薪俸。过桥去，夷楼高耸，门楣上涂抹新红。想必是，头人寨首，派假王公。白云一片翠岚封，又只见满地顽石垒雌雄，偶然分散，翌日又相重。远观型式，怪如飞鸿。此形容，无可折衷。恐是好事人作弄。

得胜堡[32]，好柳林，垂杨垂柳青复青。芳草如茵，任牛马纵横。牧童歌唱听难明，咿唔怪声。马嘶对应，骡叫俱惊。日之夕矣，三百维群。此处物产多繁盛，却少个水榭风亭，留待诗人题咏。到街来，十分清静，板桥上尚有霜痕印。隔岸好山村，下寺是地名，黍油麦秀，原隰畇畇。振精神，再往前途奔。莫作江淹恨。

安顺[33]小桥西，一带好幽溪。膏腴沃壤，千亩平堤。荞麦包谷如梁茨，恰似安期，又是月氏。尧天舜日，老人击壤在康衢。番语重重，喇嘛传经好风气，说甚功名，说甚富贵，修到活佛智慧，下地能言传真经。生长草地，此事稀奇，此处开旗，古树深藏萧布寺[34]，朱楼碧槛列高低。望不尽疏林远岫，烟树迷离，古松连抱，卧柳垂稀。西来数百里，果算得第一幽溪。可惜被番僧占去。

云腾堡[35]，地势高峻，绝顶难分晓。真可谓燕飞不到处，都受了名利圈套。抛父母，别妻孥，不敢辞山高水高。

红日当头照，云影过中条。破屋几间斜欲倒。下流人真不少，独不思祖先作造。过眼来一片荒郊，只剩些寒烟衰草。遥望一塔插云霄，不禁欢然笑。剩四十里途程，进松城尚早。

西宁关，太不好。蛮烟瘴雨，令人烦恼。街道是平房，朽烂尘嚣。

酒馆茶轩人太少，不修边幅过终朝。男女混淆，大半无聊，贩烟设赌营胥小。指画鸳鸯桥，鸳鸯飞去桥倾倒。真是穷乡，莫个富豪，数十年来无人修造。揽辔桥边眺，山口河狭小。两峰自环抱，狮象把水口，这一桥才云风水紧关了。

石河桥[36]，石桥高拱水光遥。红花屯，桃树满村郊。碉楼寨子，上插旗飘。是一座蓬莱阆苑，方壶员峤。阊阖千门，石城环抱。交川县[37]隶自前朝，要把那河阳花县来比较。徐国公，有神道，同着胡大海、常遇春曾把洪武保。这故里，在此蹊跷[38]。夏天来大雨冲濠，恨土人，不疏水道，把多少平畴沃野付波涛。纵有好地，亦难受消。对面茨坝也不小，三两家人户太少，只见那斜阳晚照，隔江红树把人招。回首路迢迢，把险阻崎岖走完了。

见松潘，一座孤城，四山环绕，如藩如屏。惟有西岷顶[39]，据其上游，巍巍雄胜。衙署在苍坪，草满讼庭，疏疏落落几烟村。俯看全城，瓦屋似鱼鳞，气象一番新。看岷山万仞，雪岭千寻，确是西来一雄镇。

从来钟毓多英俊，此地何日进文明。愿邦人把富强心抱定，并知道川西一带民俗风情亦足称。且筹算，圣教化夷固邦本。

注

[1] 清光绪十八年（1892 年），夏毓秀出任松潘总兵，聘请董湘琴做幕僚。本诗就是董湘琴赴任途中经“松茂古道”时，对沿途所见所闻的风土人情“信口狂吟”而成。后由董湘琴弟子、茂州秀才蒙养正誊抄整理而流传。

[2] 白玉蟾：原姓葛，乳名玉蟾。稍长取名葛长庚，字白叟、如晦、以阅、众甫，号海琼子、海蟾、云外子、琼山道人、海南翁、武夷翁，世称紫清先生。北宋琼管安抚司琼山县五原都显屋上村（今海南省海口市琼山区石山镇典读村）人。平生博览群经，无书不读。书法善篆、隶、草，其草书如龙蛇飞动；画艺特长竹石、人物，所画梅竹、人

物形象逼真；工于诗词，文词清亮高绝，是海南历史上第一位在全国有影响的文化名人。

[3] 橐笔（tuó bǐ）：古代书史小吏，手持囊橐，簪笔于头，侍立于帝王大臣左右，以备随时记事，称作持橐簪笔，简称"橐笔"。

[4] 灌阳：即灌县（今四川省都江堰市），因灌县城位于岷水之阳（水的北面），故称灌阳。作者家住城中杨柳河边。

[5] 鱼书：书信。

[6] 镇夷关：即灌县西关，位于灌县城西玉垒山麓，又叫宣威门，是灌县古城西北第一道城门，建于明代。

[7] 白沙：在今都江堰市紫坪铺镇。

[8] 龙溪：在今都江堰市龙池镇。

[9] 这里指"十姨愿嫁伍髭须"的民间传说，宋高文虎《蓼花洲闲录》：温州有土地杜十姨无夫，五髭须相公无妇，州人迎杜十姨以配五髭须，合为一庙。杜十姨为谁？杜拾遗也。五髭须为谁？伍子胥也。

[10] 彳亍（chì chù）：慢步行走，徘徊。

[11] 桃关：今阿坝州汶川县桃关村。

[12] 羊店：今阿坝州绵虒镇羊店村。

[13] 乌获、孟贲皆为古代的勇士。

[14] 李文饶：指唐代名相李德裕（787—849），字文饶。唐文宗太和四年（830年），任剑南西川节度使，曾到松、维等地筹边。

[15] 悉怛谋（？—831），吐蕃人。文宗大和五年（831年）任维州守将，以城降唐。剑南西川节度使李德裕受降，并遣将据其城。时牛僧孺当国，与李德裕不和，主张还悉怛谋，并归其城，帝从之。悉怛谋遂为吐蕃所杀。

[16] 阜康门：茂州城南门。

[17] 铜鞮（dī）：曲名。

[18] 騄駬（lù ěr）：古代骏马名。

[19] 胡文忠：指胡林翼（1812—1861），字贶生，号润芝，湖南益

阳县泉交河人，晚清中兴名臣之一，湘军重要首领。

[20] 金樽檀板：又称檀板金樽，指拍檀板歌唱，同时用金樽饮酒助兴，比喻喝着美酒、听着音乐的悠闲生活。檀板，用于演奏音乐时打拍子，是古代流传至今的一种打击乐器，因为用紫檀木制成，故称檀板。金樽，中国古代的盛酒器具。

[21] 绝巘（yǎn）：极高的山峰。

[22] 谽谺（hān xiā）：山石险峻貌。

[23] 癸亥：指同治二年（1863年），李道人集资修筑汶茂到松潘的道路。

[24] 叠溪营：在今茂县较场南，汉代设立蚕陵县，清代在此设立叠溪营。1933年8月25日，此地发生7.5级大地震，叠溪城被毁。

[25] 菽（shū）麦：豆与麦。

[26] 平定关：在今松潘镇平乡新民村，明代在此设立平定关，又称平定堡。

[27] 靖夷堡：在今松潘县镇坪乡解放村，明代在此设立靖夷堡，现为四川省级文物保护单位。

[28] 平夷堡：在今松潘县镇江关镇永和村，明代在此设立平夷关，又称平夷堡。

[29] 平番营：松潘县镇江乡五里堡村，明代在此设立平番堡，清代设立平番营。

[30] 归化关位于松潘县岷江乡岷江村岷江东岸，旧称归化城。唐代在此设立羁縻归化县，属于霸州管辖。明代在此设立归化关。由于地形险要，此地为松潘到松茂交界附近叠溪永镇堡的适中之地，也是松潘南路茶马古道上的重要关口。

[31] 传说黄龙洞内有一片暗海，直通现在松潘县岷江乡的观音崖鱼洞口。每年农历五月左右，大量的鱼从洞口涌出。这里的鱼和一般的鱼不同，长得很奇特，每条鱼的头顶都有一个红点。

[32] 得胜堡：又称德胜堡，位于松潘县安宏乡德胜堡村，设于明

代，又称百胜堡，为明代松潘南路的重要关堡。

[33] 安顺关：在今松潘县安宏乡安宏村，明代在此设立安化关，后改名为安顺关。

[34] 萧布寺：今四川省松潘县安宏乡肖包寺。

[35] 云腾堡：又称云屯堡，今松潘县安宏乡云屯堡村。

[36] 石河桥：位于松潘县青云镇，建于清朝乾隆年间，邑人柳恩、葛凤等募赀建。

[37] 交川县：后周天和中置，隋朝属汶山郡。唐高祖武德元年（618年）置松州，领有交川县，在今松潘县红花屯。

[38] 明朝徐国公徐达后裔徐佳胤，字升台，于明朝万历年初，担任松潘卫指挥佥事。在松潘修建徐中山第，屋宇堂皇，有楼一座，供奉明太祖暨徐国公绘像。徐佳胤去世后敕授奉国将军，葬于松潘县东塔子山麓。清朝咸丰庚申年，松潘发生变乱，徐中山第被毁，徐氏族人亦零落。疑是作者见松潘有徐氏墓葬神道，误以为徐达为松潘人。

[39] 西岷顶：又称崇山，位于松潘城西。明正统年间，御史寇深拓建松潘城，将松潘城墙沿山麓修筑到山巅，使松潘城成为包山城之势，并在西岷顶修筑松潘西门，号为威远门。

参考文献

[1] [明] 江源：《桂轩续稿》，弘治四年刻本。

[2] [明] 姚夔等：《成化五年进士登科录》，宁波天一阁藏。

[3] [明] 易文：《筹边一得》，罗振宇雪鸿堂藏。

[4] [清] 张廷玉等：《明史》，中华书局，2002 年点校本。

[5] [清] 彭定求：《全唐诗》，中华书局，1979 年点校本。

[6] [清] 史澄：《番禺县志》，广东人民出版社，1998 年点注本。

[7] [清] 仇兆鳌：《杜诗详注》，中华书局，2015 年。

[8] [清] 董湘琴：《松游小唱》，四川美术出版社，2004 年。

[9] [清] 邓存咏纂修：《龙安府志》，道光二十二年刻本。

[10] [清] 魏荩臣修，阚祯兆纂：《通海县志》，康熙三十年刊本。

[11] [清] 彭定求：《全唐诗》，中华书局，1979 年点校本。

[12] [民国] 张典等修，徐湘等撰：《松潘县志》，松潘县地方志编纂委员会，2007 年点校本。

[13] [民国] 王佐、文显谟等修，黄尚毅等纂：《绵竹县志》，民国九年刻本。

[14] 张蓬舟：《薛涛诗笺》，人民文学出版社，1983 年。

[15] 徐朔方：《汤显祖诗文集》，上海古籍出版社，1982 年。

[16] 屈万里：《明代登科录汇编》，台湾学生书局，1969 年。

后 记

　　松潘，是坐落于川西北岷江之源的历史文化古城，从战国后期被秦国纳入版图以来，已有 2300 多年的建制历史。松潘是我国古代川西北地区的军事重镇，自古以来即为川、甘、青三省商贸集散地，是内地与西部各民族茶马互市的集散地，有"高原古城""川西北重镇""边陲重镇""战略要冲"之称。

　　松潘自古以来在军事、地理上的重要地位，使其逐渐成为古代川西北地区的政治、经济和文化中心之一。从唐代以来，出现了大量活跃在松潘的文人骚客，创作了大量与松潘有关的诗词。随着时间的流逝，加之社会的变迁、战乱的破坏，不知有多少诗词消逝在历史的长河之中。这不能不说是松潘文化史上的巨大损失。即使是有幸保存下来的诗词，也分散记录在各种史书、地方志、族谱和个人诗集之中，目前尚未有一个系统的整理与研究成果。因此，对松潘历代诗词的收集与整理，是对松潘文化的抢救，对于研究历代与松潘古城有关的历史大事、历史人物、历史传说，甚至对整个川西北与中国历代民族交融地区的历史文化研究与治理，有着重要的文化与政治意义。

　　作为一名热爱历史文化的松潘人，我这些年一直不间断地通过各种方式、各种渠道，搜集着与松潘有关的历代诗词，广泛查阅历代史书、与松潘有关的地方志、各种家谱、历代人物传记、诗人个人诗集，通过田野调查，考察松潘各地的诗词碑刻等，历数年之功，共搜集整理从唐代到清末民初与松潘有关的诗词共 198 首。在这跨越千年的时空中，有"诗圣"杜甫这样的大家巨作，也有像汤次庵这样到今天几乎无人知晓的本土诗人。力求考证每一首诗的创作时间、背景，并做出注释，便于读者理解。

经过艰苦的考证，许多诗词终于能够从历史的迷雾中渐渐显露出它的创作时代与背景，以及创作者的生平。但遗憾的是，仍然有相当数量的诗人，尤其是清朝末年在松潘生活的一批诗人，其生平已经湮没在历史的长河之中。由于年代久远、资料缺失，他们创作的绝大部分诗词应该已经散佚了，只有少量作品有幸被保存了下来。我曾经尝试查阅各种地方史志，甚至试图找寻他们的后人，却也是无功而返，这不能不说是巨大的遗憾。

松潘作为川西北地区汉族与少数民族共居的地域，在数千年的历史之中，有战争，更有融合。而通过政治、军事、文化和经济的交流，使得历史上这片土地吸引了许多文人骚客的目光，他们留存至今的诗词作为一份厚重的文化遗产，值得我们后人将其整理、辑录，使其能够更好地传承和传播。这对于川西北地区的历史文化研究、诗词研究和文化传承具有重要的价值。

感谢松潘县委、松潘县政府以及松潘县委宣传部、松潘县文联等部门的关心与帮助，感谢身边各位朋友以及家人的支持与理解，才能让我在数年如一日的坚持中终于将本书编纂完毕，并与读者见面。愿我们能够在这本松潘诗词辑录中，品味出诗歌之美、文化之美，感受到中华优秀的传统文化对我们的洗礼。

最后，由于作者并非史志专业人员，凭着一腔热爱编纂此书，书中难免存在谬误，还请各位读者多多指教为谢。

杨友利
2023 年 2 月